花がふってくる
「昨夜、好きだった、って言ったな。あれ、もう、終わってるのか」
（本文より抜粋）

DARIA BUNKO

花がふってくる

崎谷はるひ

illustration ❋ 今 市子

イラストレーション❋今 市子

CONTENTS

この作品はフィクションです。
実在の人物・団体・事件などに一切関係ありません。

花がふってくる

ひとの記憶というのは、鮮明なようであいまいだ。

まして、ただひとりで目にした光景には客観性というものがない。主観でのみ切り取った視覚情報は、そこに『意味』を生まれさせる。

蓮実秋祐《はすみあきひろ》が覚えているのは、ぽっと、闇のなかに浮かびあがる蛍火《ほたるび》。涼しい、水の流れる音。

そして清潔な詰《つ》め襟《えり》とセーラー服姿の見目のよい少年と少女が、そっと抱きあうように寄りそっている姿。

あれは十五年も前の、夏も終わりに近づいた、夕刻のことだった。

秋祐は中学校からの帰り道に姉といとこの姿を見つけた。彼らが足を進める先が『いつもの場所』であることに気づいた秋祐は、こっそりとあとをつけていった。

林の奥にある沢は、幼いころの恰好《かっこう》の遊び場だった。秋祐のいとこ、袴田涼嗣《はかまだりょうじ》の実家は古い歴史があり、親族のなかでも本家筋で、このあたり一帯の地主だった。

秋祐と姉である夏葉《なつは》も、幼いころからこの沢で涼嗣とともによく遊んだもので、子どもたちの秘密の——それが秘密である試しは、まずないのだが——場所だった。

（なんだよ、ふたりでさ。俺には内緒の話かよ）

涼嗣は秋祐と同じ歳のはずなのに、ずいぶんとおとなびたところがあった。背も高く、本家の次男として教育されたせいか、立ち居振る舞いも静かで、同い年とはとても思えない、独特の雰囲気のある少年だった。五つ年上の夏葉と同等のレベルで会話ができるほど精神的にも成熟していて、ときどき涼嗣と姉がふたりで話していると、秋祐は疎外感《そがい》を覚えることがあった。

――秋祐は知らなくていいよ。

苦笑まじりで話をごまかされるとき、どうやら家庭の事情だとか、親戚間の面倒な話をしているらしいことは知れた。聞いてもいやな気分になるだけだし、秋祐はそういう鬱陶《うっとう》しい話が、たしかに好きではない。

けれど、ふたりだけでわかりあっているようなのは、仲間はずれにされたようでつまらない、と少しむくれていたのはたしかだ。

だからせめて、こっそりつけていって、そのあと驚かせてやろうと思っていた。しかし、いざ沢に着いてみれば、とても声をかけられる雰囲気ではないふたりを、少し遠くで眺《なが》めているしかなかった。

ざわざわと葉擦《はず》れの音がする。彼らの会話は切れ切れになり、秋祐にはよくわからなかった。

「――声変わりしたんだね、涼ちゃん」

ふっと風向きが変わり、風に乗って届くなめらかに甘い声は、夏葉のものだ。かすれたような、せつない声を発した姉は、いまにも消え入りそうだった。

「おとなの男のひとみたい……」

夏葉がつぶやいたとおり、苦みの混じった低音で答えた涼嗣の声もまた、なにかをこらえるような痛みがある。そのことに、秋祐はひどく混乱した。

「おとなじゃ、ないよ」

夏葉がすっと立ちあがる。スカートから覗く白い脚はぎょっとするほど頼りなく見えた。ゆらりと、川面《かわも》の反射が夏葉の姿を揺らし、まるで彼女が震えているようで、秋祐はどきりとした。姉はあんなに細い脚をしていただろうか。あんな華奢《きゃしゃ》な身体で、ひとりで歩けるのかと不安になった瞬間だった。

「あぶないから」

セーラー服の襟が揺れるより早く、黒い制服に包まれた腕が、伸びた。

賢くて背が高く、少年らしからぬ落ち着きのある涼嗣に、秋祐は憧れともつかないものを抱いていた。やさしく面倒見のいい、きれいな夏葉のこともまた、大好きだった。

ふたりに共通の弟のようにかわいがられるのが、本当に大好きだったのに。

(なんで?)

その彼が、自分の姉を抱きしめている。夏葉は、秋祐や涼嗣よりも五つ年上だが、背の高い彼とほっそり小柄な彼女とが寄りそうと、なんの違和感もない。

「蛍、いないね……」

「うん」

ため息のような声は、お互いにだけしっかりと、聞こえればいいのだろう。

月光を浴びる林のなか、シルエットとなっても姿のうつくしい一対を、秋祐は声を殺してじっと眺めた。そしてなんの声もかけられずに、そっとその場を離れた。

林を歩きだすと、目の前に、ひらりと光が飛ぶ。

蛍、いるのにな。声にならない声でつぶやき、秋祐は歩き出した。

ふわふわと、蛍は秋祐の前を飛ぶ。青みがかった、あたたかくない光を放つこの虫が見えないのは、きっと彼らの目に、お互いしか映らないせいだったのだろう。

（ちゃんと、ここにいるのになあ）

無視されたみたいで、つまらないと思った。ちくちくと胸が痛くて、秋祐はいたずらに、目の前を飛ぶ蛍にちょっかいを出す。捕まえることはできず、するりと逃げたそれは、林の奥に消えていった。

（むかしは、みんなで、見たのにな）

涼嗣は、興味のない顔をするくせに、虫取りがうまかった。秋祐が欲しいとつぶやくと、長い腕をひょいと伸ばして捕まえて、手のなかに囲った蛍をそっと、与えてくれた。

蛍だけじゃない。花のふる春も、肌の焦《こ》げる夏も、秋も、冬も、一緒だった。

けれどいま、真っ暗になった林のなかで、ぽつんと秋祐はひとりだった。

(蛍がいたら、夏葉にあげたのかな)

なんだかそれはつまらないなと、そう思った。

その後、夏葉と涼嗣がつきあったような話は、一度も聞かなかったし、彼らにもそんな気配はなかった。それは逆に、月光を浴びた沢でのあまりにうつくしい光景が、真実、姉といとこのふたりだけのものなのだと秋祐に思い知らせた。

世界中でただひとり。そんな哀しい気分になった夜がいつまでも胸の奥にくすぶって、それから秋祐は少しだけ、彼らと疎遠になった。

どこかで、クツワムシが鳴いている。じっとりと湿ったこめかみの汗を、夏宵《なつよい》の風が撫《な》でていく。

なつかしい痛みのある遠い記憶は、なまぬるい肌のぬめりとともに、秋祐へと刻みこまれた。

涼嗣が仕事を終えて外に出ると、鼻先に湿った熱を感じた。

まだ夏というには早い時期だが、梅雨が遅いせいか、ここしばらくの東京の街はねっとりした外気に覆われている。

整えた髪は、一日の疲れで少し汗ばんでいた。今年も暑くなりそうだと息をつく。鼻腔《びくう》には粘ったアスファルトのにおいが染みついているようで、少し滅入《めい》った。

飲んで帰るか、それともさっさと家に戻《もど》ってくつろぐか、と迷ったところで、鞄《かばん》のなかに放りこんでおいた携帯が振動する。

フラップを開くと、メールが二通。ひとつは高校時代からの悪友である佐伯信也《さえきしんや》からの【時間あるか？　飲みにいかないか】という毎度の飲みの誘い。そしてもう一通は、ここ三年ほどつきあいのある、牧山理名《まきやまりな》からのデートの確認だった。

【月末の予定は大丈夫？　急な出張とか言わないでね。ご両親にも連絡しておいて】

あっさりした彼女らしい端的な文面に、ふっと軽い緊張を覚えた。

佐伯の紹介で知りあった彼女だが、最近、静岡の実家に連れていくようせがまれている。

涼嗣の実家が地元の大地主で、財閥《ざいばつ》流れの会社を同族で経営していると知ったあたりから、このせっつきはひどくなった。次男だというのも大きな要因であるらしい。言わずもがなだが、結婚を意識しているのだろう。

（しかし、なあ……）

実家に連れていく以前に、恋人を自分の住まいに一度も招いたことがないのは、ふつうに考えて問題なのかもしれないと涼嗣は小さくため息をつく。その件もあって、理名は実家には連れていけとせっつくのだろうか。

とはいえ理名だけでなく、ここ数年というもの、涼嗣は都内のマンションにある自室に他人を招いたことが一度もないのだ。相続税対策に購入され、生前分与されたそれは間取りも広く、立地条件もいい。ひとりでは持てあますほどの空間に客人が来たところで、本来は問題などない――はずだったのだが。

（それもこれも、『あれ』のせいなんだが）

どうしたものか。悩んでいた涼嗣は、手の甲にはたりと冷たいものが落ちたのを感じた。明かりの消えたオフィス街、いよいよ崩れた空を、顔をしかめて見あげる。

「雨か……飲みは無理だな」

ビルの隙間《すきま》から眺める夜の曇天《どんてん》は、雲が厚いほどに白く濁って映る。

佐伯からのメールには【今日はパス】とだけ返す。文面に気を遣うような仲でもないし、これで充分通じるだろう。

はたはたと小さな音を立てて降りだした雨が本格的になる前に、駅までの道を走った。

自宅の最寄り駅付近は、まだ雨が遠いようだった。駅から五分の道のりをたどり、涼嗣が帰宅したとき、部屋のなかは真っ暗だった。玄関からなにから、すべて落とされた明かりにいやな予感を覚えて、涼嗣はそろりと声をかける。

「おい、アキ。アキ？　いるのか？」

「……おかえり」

闇のなかで、ひそめたような細い声が聞こえた。部屋のなかにいることがわかって、ため息が出る。これはうっかり動くわけにもいかない。やはり飲んで帰ればよかったと、苦笑に似たものが胸にこみあげた。

涼嗣の住まう3DKのマンションには、同居人がいる。いとこの秋祐だ。小さなころから虫が好きで、いまはビオトープ――バイオトープとも言うが、ひらたく言えば生態系や自然の保護について研究するため、大学の昆虫学研究室で助手をやっている。

「明かり、つけていいのか」

もともと夜目はきくほうだが、すっかり身体が覚えてしまった玄関わきのスイッチに手をかけたまま問いかける。ややあって「いいよ」という返事があり、ほっとした涼嗣は部屋に明かりを灯《とも》した。

「でも、入ってくるのはもうちょっと待って。いま、捕まえるから」

靴を脱いだところで、制止がかかる。思わず片足をあげたまま硬直して、涼嗣は息をつく。じっと耳をすましてみると、ぶん、と小さな羽音が、たしかに聞こえた。

「……今日のは、なんだ」

ガラスのはまった扉のなかを覗きこみながら問うと、秋祐は嬉しそうに言った。

「オオスカシバ。さっき、少し早く羽化したんだ。翅《はね》が乾くまでケース開けてたら、一匹が思ったより元気で、飛び出しちまった」

オオスカシバとやらが、チョウ目《もく》、スズメガ科、ホウジャク亜科の本州以南に生息する蛾《が》の一種なのだと説明されても、なんのことやらわからない。

ただ、玄関から続く廊下のさき、居間にある革張りのソファのうえで、同い年のいとこが網を片手に身がまえていることだけが、涼嗣に理解できる現状だ。

秋祐の小柄でほっそりした身体は、同じ二十八歳とは思えない。顔だちも女顔の童顔のせいか、大学の研究室で、助手の肩書きを持っているくせして、いまだに構内を歩くと新入生に間違われることも多いらしい。

言動も、涼嗣が年齢にしては落ち着きすぎているという点を差し引いても、あきらかに幼い。部屋が真っ暗なのも、おそらく夕刻あたりから羽化を待って、電気をつけることすら忘れてい

たのだろう。

「涼嗣、そこ絶対、開けるなよ！」

叫ぶいとこは、まるで、虫取りに夢中の子どもだ。こみあげてくる笑いに肩を揺らした涼嗣は「はい、はい」と答えて腕を組み、必死の秋祐を見守った。


十五分ほどが経過したのち、ようやくオオスカシバの捕り物は終わった。どったんばったんと騒がしかったが、幸いにして防音のきいたマンションだ。隣や階下から苦情が来ることはないだろう。

「……もう、入っていいか？」

ガラス越しに様子を見てはいたものの、「いいよ」の声がかかるまで涼嗣はそこを動けない。以前にも、終わったかとドアを開けたとたんに、虫が飛んできたことがあったのだ。

「入って、いいよ」

やっと許可が出て、居間に入ると、秋祐は汗みずくになり、床のうえで子どものようにしゃがんでいる。捕獲した虫をケースに移す彼は小柄で痩《や》せていて、ただでさえ涼嗣とは二十センチほども身長差があるのだが、そうしていると本当に小さく、頼りなかった。

「蛾じゃないのか？　部屋の掃除しないと」

「オオスカシバは羽化の直後に、鱗粉《りんぷん》は全部、落ちちゃうんだ」

だからだいじょうぶだと、涼嗣を見あげた秋祐は、満面の笑みを浮かべていた。そして、プラスチックのケースに『確保』したオオスカシバを得意げに掲げてみせる。

「ほら。翅が透明なんだよ。きれいだろ？　それに身体がカラフルで、ぷくっとして、かわいくない？」

「うーん……」

コメントを求められ、なんと言ったらよいものか、と涼嗣は苦笑する。

秋祐が抱えたケースのなかにいる虫は、全体のフォルムは少しハチに似ているが、ハチのシャープさとはほど遠い。胴体は『ずんぐりむっくり』とでも表現するしかない、ぼってりした形で、上部の半分がウグイス色、下の半分は黒をベースとして、赤、黄色の毛が横のストライプ状に並んでいる。

ガの一種とは言われたが一見そうは見えないため、さほど嫌悪感はない。だが、うつくしいとは一概《いちがい》に言いにくい。得意満面のいとこから目を逸《そ》らし、涼嗣は当たり障《さわ》りのないことを口にした。

「まあ……ゲジなんかよりは、かわいいほう、か？」

「なんでだよ、ゲジはある意味じゃ益虫《えきちゅう》だぞ。ゴキブリの天敵だし」

涼嗣は思わずこぼれそうなため息とともに、言葉を呑《の》みこんだ。

(不快害虫《ニューサンス》って言葉くらいは、知ってるだろうが……)

これが、理名にしろ佐伯にしろ、他人を招きいれることができない最大の理由だ。いつなんどき、部屋のなかからどんな虫が飛んでくるやらわからない。佐伯は大の虫嫌いであるし、女性は大抵《たいてい》この手のものは苦手だろう。虫全般を愛せる秋祐とは違い、いたってふつうの感性の人間にとって節足《せっそく》動物はただ不気味なだけの存在だ。

涼嗣も正直、得意とは言いがたいが、さすがに慣れた。慣れざるを得なかった、とも言う。

「さなぎが手に入ったからさ。部屋あったかくしてみたら、大成功」

嬉しげにつぶやく秋祐の声に、涼嗣は「そうか」と眉をひそめて笑うしかない。

このところ妙に秋祐の部屋のあたりだけが暑い気がしていたのは、それが原因だったのだろう。梅雨寒《つゆざむ》の時期とはいえ、暖房を入れるにはおかしいと思っていた。

「なるほどな。これのせいで先月の電気代がすごかったのか?」

「あ、……ごめん。居候《いそうろう》なのに」

責めるつもりはなかったのだが、とたんに秋祐は薄い肩をすくめた。うつむくと、伸ばしっぱなしの前髪と長い睫毛《まつげ》が邪魔をして、大きな目の色が見えなくなる。

しまったな——涼嗣は内心舌打ちし、できるだけ穏やかな声を出すようつとめた。

「居候じゃなく、同居だろ。もう何年目だ」

「でも俺、家賃とか入れられて、ないし」

秋祐の顔は、外の天気に同じく曇《くも》っている。さきほどまで、虫を追って目を輝かせていたときの無邪気さが、嘘のように消えていて、涼嗣は眉をひそめた。

「俺はそんなの織りこみずみで、ここにいてかまわないって言ったんだ」

「でも涼嗣にばっかり、負担が大きい」

「いいから。気にするなって言ってるだろう」

少し強く言わないと、秋祐は口を閉ざさない。おとなしいのは外見だけで、じつは非常に強情な性格なのだ。まして秋祐は、ここに住まうようになった理由が理由だけに、ずっと引け目に感じているらしい。

「やっぱり、院を出たあと、就職すればよかった」

「……秋祐」

ため息まじりに名を呼び、繰《く》り言《ごと》を止めた。

(おまえが一般企業に就職なんかできると、本気で思っているのか？)

喉まで言葉が出かかったが、それをぐっとこらえる。

秋祐と涼嗣が同居したのは四年前、二十四歳のときのことだ。

大学院で修士課程を修了した秋祐は、研究室に残るか実家に戻るかの瀬戸際に立った。

その際に、蓮実家の叔父《おじ》、つまり秋祐の父が、涼嗣がいま呑みこんだ言葉を告げたせいで、彼は大爆発してしまったのだ。

——俺だって、ひとりで生きていくことくらい、できるよ！

啖呵《たんか》を切った秋祐がなにをやったかといえば、二十四歳にして、『家出』だった。大学に進学して以来暮らしていた、ひとり住まいのアパートには帰らず、実家どころか周囲の関係者からも、一ヶ月以上行方をくらました。

結果、親ばかの叔父は同じ東京に住んでいる本家次男に泣きついた。

——アキちゃんを捜しだして、説得してくれ。

二十歳を超えた息子に『ちゃん付け』の過保護な叔父に、いささか呆《あき》れたのは本音だ。だが幼いころ身体が弱かった秋祐を心配する親心は痛いほど理解できたし、むろん自身も心配していた涼嗣は、東西奔走《ほんそう》の果てに秋祐を見つけ出して捕まえた。

その後もできれば東京に残りたい秋祐と、心配のあまり地元に戻れとしつこい秋祐父との大げんかは長引き、あまりの平行線に見かねた涼嗣が口を出したのだ。

——俺が面倒を見るから、叔父さんも少し譲歩してください。

——秋祐も、これだけの騒ぎにしちまったんだ、監視役がいるのはあきらめろ。いいな？

三方一両損のお裁きだと告げれば、大迷惑をかけられた形の涼嗣の言葉に、秋祐も叔父も逆らえなかった。

あの日から、秋祐の管理全権は涼嗣のもとへと委任されたのだ。へまはできない。

ふっと息をついて、涼嗣はやわらかな声を発すべくつとめた。

「それにな、就職なんかしたら、好きな研究はできないぞ？」

「う……」

穏やかに諭《さと》すと、秋祐はケースを抱えて小さくなった。

「それに、いまさらひとりで暮らすって言っても、そのナントカいう蛾の」

「オオスカシバ」

「……オオスカシバが羽化するまでの飼育なんか、自宅で暢気《のんき》にやれやしないだろう」

ため息まじりに指摘すると、秋祐はいじいじと虫かごをいじりながら言った。

「でも、虫は大学でも育てられるし」

「それで気がすまないから、あれこれ持ちこむんだろうが。違うか？」

上目遣いにちらりと涼嗣を見た秋祐は、いつの間にか正座していた。むろん反論はなく、目顔で「ごめんなさい」と告げるいとこには苦笑するしかない。

国立大学の助手の給料は、けっして高くはない。年齢は同じでも、証券会社のディーラーをつとめる涼嗣との年収は、倍といっていいほどに違うのだ。都心に近い利便性のいい快適なマンション暮らしなど、できるわけがない。

おまけに秋祐は生活にまつわる雑事——家事全般が壊滅的に苦手で、それらすべてをまかなっているのは涼嗣のほうだった。

「だいたい、おまえ飯食ったのか」

うっと黙りこむあたり、また大学でパンをかじった程度だということが察せられた。ため息をついて、涼嗣はスーツの上着を脱ぎ、腕まくりをする。

「夜食作ってやるから、虫かご片づけて、待ってろ」

「いいよ、涼嗣、仕事してきたんだろ。カップ麺《めん》でも食べるし」

あわてて立ちあがる秋祐を、笑って制した。

「おまえがそんなので足りるわけがないだろう」

秋祐は小柄な体格に見合わず食い意地は張っているし、味にもうるさい。そのくせ研究に没頭している間は水を飲むのも忘れてしまうほど集中するので、気をつけていないとすぐに倒れてしまうのだ。

夜半に食べても腹にもたれないとなれば、煮麺《にゅうめん》か雑炊《ぞうすい》か。考えつつ台所に向かうと、気まずそうな顔をしたいとこがうしろをついてくる。

ごめん、と小さい唇が動く前に、涼嗣は口を開いた。

「べつに俺は、おまえひとり居候したところで、面倒でもなければ負担でもない」

だから気にするなと、涼嗣は小さな頭を軽く摑《つか》んで揺さぶった。触れるたび困った顔でうつむくいとこに、いっそ無神経なまでにスキンシップをしかけるのは、わざとだ。

「でも……」

「それとも、出ていきたい理由でも、あるのか？」

問いかけた言葉には、少し含みがすぎたらしい。ぴくんと震えた秋祐は、涼嗣の手に頭を摑まれうつむいたまま、ふるふるとかぶりを振る。

「ない、よ」

仕種《しぐさ》までもが子どもっぽいせいで、つい年下扱いしてしまうのは、昔から変わらない。

だが、秋祐は子どもではないのだ。ないからこそ、彼はいつも少しだけ息をするのが苦しいように、生きている。

叔父は、というか蓮実家の面々は、秋祐を猫かわいがりしていた。十五年ほど前、彼の母であった由季子叔母《ゆきこおば》が病で亡くなってからというもの、顔だちと身体の弱さをそのまま受け継いだ小柄な長男に対しての心配の度合いはひどくなった。姉の夏葉は顔こそ似ているが身体は丈夫でしっかりしていて、蓮実家の精神的な柱となっているのはむしろ彼女だ。そのぶんも秋祐へと家族の溺愛《できあい》は注がれた。

院を出るときだけでなく、大学進学で東京に出ること自体、叔父からひどい反対があったのを涼嗣は知っている。あのときは夏葉が相当ねばり強く後押しをしたおかげで、なんとかなったらしかったが、叔父が卒業後に秋祐は戻ってくると思いこんでいたぶん、四年前のトラブルはこじれたのだろう。

それもこれも、相手を思えばこそだ。秋祐もまた多少の反発は覚えつつも、家族をとても愛している。だからこそその苦しさであることや、家を離れた本当の理由を知っているのは、涼嗣だけだ。

「俺は、この部屋に住んでて、とても楽だよ。でも、涼嗣は、ほんとにいいの?」

細い声で問う秋祐に、涼嗣は笑って答えた。

「いいから、いいって言ってる。俺が、無理をするタイプに思えるか」

「それは、思ってないけどさ」

「だったらいまさらの話をするのはよせ。時間の無駄だ」

手を洗い、冷蔵庫から残り物の冷や飯と卵に鶏肉、ネギと椎茸を取り出す。言いきって背中を向けたのは、平行線の話はこれで終わりと告げるためだった。それでもなにか言いたげな視線を感じてはいたけれども、涼嗣はそれをあえて無視したまま、料理にかかる。

同居を決定したときにも、秋祐は言った。

——ほんとにいいの?

細い頼りない声を思い出せば、きしきしと胸の奥が小さく痛む。涼嗣のなかで封印したはずの、けれどけっして忘れられない記憶がよみがえる。

——人間も、いっそ無性生殖ができるか、雌雄同体《しゆうどうたい》になれればいいのに。

暗い目をした秋祐が涼嗣の前でつぶやいた十年前のあの日、彼は涼嗣の目の前で、同性の恋人と最悪な別れかたをした。

あれ以来、しかたがないことながら、どこかしらふたりの関係にはぎこちなさが漂うようになった。ふだんは忘れたふりでいても、ふとした瞬間に痛みの記憶が顔を覗かせると、秋祐はすっと殻に閉じこもってしまう。

（まだ気にしてるのか。まだ、傷ついたままなのか？）

いまの秋祐は、あのときと同じ顔をしている。そう思って涼嗣は、小さくため息をついた。けっして、そんな顔をさせたいわけではないのに、涼嗣は存在するだけで、秋祐を萎縮させてしまうようだ。それが少しだけ苦く、やるせない気分になる。

同い年のいとこのことを、涼嗣は本心からいたわしく思っている。マイノリティの苦悩をわかってやれないこと、秋祐のつらさを前に傍観者でいるしかないことが、涼嗣の痛みだと知れば、嫌味だと秋祐は怒るのかもしれないが——。

（おまえは、おまえなのに）

秋祐が心からのびのびと、好きなように生きていければいいと涼嗣は願っている。秋祐という存在は、彼が思うほど軽くもないし、なんの瑕疵《かし》もない人生を送ってほしいのだ。

「アキは、もっと楽になっていい」

さらさらした髪を撫でて涼嗣が告げると、秋祐は、とても小さな声で言った。

「……ありがとう」

うつむいたままの彼がどんな顔をしていたのか、涼嗣にはわからない。ただ、なにか声をかけなければいけない気がして口を開いたとたん、携帯が鳴り響いた。

「電話」

「あ、ああ」

色のない声で秋祐が指摘して、触り心地のよかった髪から手を離す。着信表示を見ると、理名からだ。そういえば雨が降ってきたせいであわてていて、彼女へのメールの返信を忘れていた。

「もしもし?」

『もしもし、じゃないでしょう。メール、見てないの?』

呆れたような理名の声に、悪かったと告げる。

「雨が降ったんで、帰りを急いだんだ。電話しようと思ってた」

言いながら、ちらりと秋祐を見ると、彼は気を遣ってか部屋に戻ろうとしていた。「ちょっと待って」と電話に向けて口早に告げる。

「すぐすむから、食事、そのあとでいいな?」

「べつに、いらないって……」

言いかけた秋祐に背中を向け、拒否は許さないと告げる。こうなれば電話しながら料理をするかと、肩に挟んだまま、ふたたび台所へ向かった。

『いまの、秋祐さん?』

「ああ。飯食ってないって言うから、ちょっと食わせないと」

手のかかる同居人のいとこがいることは、理名には告げてある。彼女は少し笑いながら『あなたも大変ね』と言った。

「べつに大変でもないけどな。その前がちょっと」

さきの顚末《てんまつ》を思いだし、思わず笑ってしまうと、理名が不思議そうな声を発した。

『なにかあったの？　機嫌のいい声出して』

「いや……」

オオスカシバ騒動の話をしようかと思い、涼嗣はやめた。女性に虫の話はどうかと思ったのもあるが、自分でも理由がわからないまま、なんとなく、口にしたくなかった。

「なんでもない。それより、例の件だけど」

『うん。どうなの？』

とりたてて、言うことでもないだろう。そう思いながら小さな土鍋に水を入れて、適当に切った材料と出汁《だし》の素を入れ、煮立つのを待つ間に、卵をほぐした。材料と冷や飯を入れ、煮えたらできあがりの大雑把《おおざっぱ》な雑炊だが、秋祐はこれが好物だった。

「仕事は問題ないと思うけど、まだ実家に都合を訊《き》いてないんだ」

『ちょっと……』

話が遅いと理名が怒る前に、涼嗣は言葉をつないだ。

「親が出張中で、連絡つかなかった。いつならいいのか、確認しとく」

口にした言葉の半分は事実で、半分は嘘でもあった。

本来、本家の次男坊、しかも長兄と年の離れた息子など『おまけ』のようなものだ。時代が時代なら、よくて跡継ぎの予備、もしくはどこかに養子に出される程度の、いてもいなくてもいい存在だ。

ただ、袴田家のなかにおいて、涼嗣の立場は少し微妙だった。

涼嗣は、昔から『できすぎた』と評されることが多かった。勉強にしろ運動にしろ、あまり努力とかいわれるものをしたことがない。さらさらと涼嗣の手をすり抜けて、勝手に完成のかたちをなしてしまうのだ。

どうやらＩＱも高かったらしく、小さなころはなんだかいう研究室に呼ばれかけたらしいが、親が拒んだため、ふつうにすごすことができた。といっても、涼嗣の親は子どもの情操面やなにかを思って拒んだわけではなく、伝統ある家の、次男とはいえ直系筋の『もの』が、そんなうさんくさいところに出入りするのを気に入らなかっただけのことだ。

兄の征夫《まさお》は、そんな弟を少し苦手に思っていたようだ。

彼は旧家の長男として、古い歴史のある家を背負い、会社も任されることが生まれたときから決まっていた。

親族の代表として振る舞わなければならない征夫からすると、いささか『できすぎた』涼嗣の存在は、正直に言えば疎《うと》ましい面もあったらしい。人格は非常にできた穏やかな男だから、あからさまにすることもなかったが、見えない壁のようなものが、常に征夫と涼嗣の間には存在していた。

またそういう長男の立場を知る両親も、家長となった征夫に対して遠慮してか、涼嗣にはどことなく遠巻きに接していた。

とはいえ家族と仲が悪いだとか、そういう話ではない。むしろ、そこまで感情で交流したことさえない。とくに征夫とは年が離れているせいもあって、お互いに無干渉気味だった。

そうした事情のすべては、まだ理名には話しきれていない。都会育ちの理名に、あの古色《こしょく》蒼然《そうぜん》とした『家』のシステムのことを言って通じるものかどうかわからなかったし、彼女がたとえ頭で理解していても、実際に親族らと対面した場合、どう反応するか予想がつかない。

ただ、機転の利《き》く女だから、上手く振る舞ってはくれるだろうけれど。

『……しかたないわね。あちらのご都合もあるでしょうけど、なるべく早いうちに、予定を決めてもらえる？』

「わかった」

涼嗣の予想どおり、彼女はくどくどと話を引き延ばしはしなかった。ものわかりのいい理名にほっと息をつく。そのあと、とりあえず今週末のデートは通常どおり、という話になった。

「じゃ、時間なんかは、また連絡する」

『おやすみなさい』

用件がすめばあっさりと通話を終え、涼嗣は携帯をしまった。

火力の強いコンロでは、すでに汁が煮立ち、出汁のにおいが漂ってくる。

「アキ？　もうすぐできるから、テーブル片して」

「……電話、終わったの？」

終わったと告げると、秋祐は奇妙な顔をして涼嗣を見ている。

「なんだ？」

「いつも思うけど、理名さんて、電話短いよね。それに、ヘンに事務的」

指摘され、それもそうだなと涼嗣はうなずく。

「そういう性格なんだろ。あっさりしてるし」

理名は、女性にはありがちな、だらだらと話を引き延ばすようなことはしない。長電話が好きではない涼嗣には、ありがたい話だと告げれば、秋祐がふっとつぶやく。

「……夏葉に、ちょっと似てるかもな、そういうところ」

「ん？」

「美人で頭もいいんだろ？　性格もさばさばして気取ってないって、佐伯が言ってた」

自分の姉を『美人』と言いきるのもシスコン気味の秋祐らしいが、実際に夏葉は、地元のミスコン候補にもあげられたほど、誰が見てもきれいだと認めるだけの容姿をしていた。

「夏葉ちゃんか。タイプが似てるっていえば、そうかもな」

さっぱりしていて頭のいい女は、昔から涼嗣の好むところだ。というより、きらいな人間はいないだろう。軽い気持ちでうなずくと、なぜか秋祐は苦い顔をした。

(またなにか、地雷でも踏んだのか?)

怪訝《けげん》に思ったが、とくに気に留めなかった。理由もわからず、機嫌を上下させるのも、このいとこの得意技だ。気にしていてはきりがないと、涼嗣は料理に集中した。

「……ほら、できたから」

冷や飯をほぐし入れた鍋は、もうくつくつといい音を立てている。卵をかけまわして火を止め、蓋《ふた》をした。

「火傷《やけど》するなよ」

「子どもじゃあるまいし……」

鍋敷きのうえに置く際、つい注意すると秋祐はむっと顔を歪《ゆが》ませた。言われたくなければ、ひとりで飯くらい食べろという言葉も、やはり涼嗣は呑みこむ。

茶碗によそってやった雑炊を、秋祐は息を吹きかけながら食べた。口も小さいせいか、れんげを使う姿も妙にあぶなっかしい。

涼嗣は向かいに座ったまま、実家から送られてきた日本茶で喉を潤《うるお》す。茶の名産地で育ったせいだろうか、一日の終わりには日本茶が欠かせない。丁寧に甘く淹《い》れたそれを啜《すす》っていると、秋祐は雑炊を口に運びながら、ぽつりと言った。

「さっき、聞こえちゃったんだけどさ」

「ん？」

「実家。理名さん、連れてくのか」

「ああ、まあな。そのうちに」

うつむいたまま、ふうん、と気のない生返事をした秋祐は、ひどく億劫《おっくう》そうにれんげを口に運んだ。食べることに飽きている様子に気づいて、涼嗣は眉をひそめる。

「全部食えよ」

「うっさいなあ……」

「うるさく言われたくなけりゃ、自分でちゃんとしろ」

お目付の役割はまだ放棄しないと睨《にら》めば、秋祐は無言で肩をすくめた。

どうにか八割方を胃に収めさせたところで、ほっと息をついた涼嗣は席を立つ。

「風呂、沸いてるか」

「うん」

「洗わなくていいから、流しには運んでおけ」

「自分で片づけるよ、これくらい」

日常的な会話を仕掛ける涼嗣も、ふてくされた顔で目を逸らす秋祐も、じわりと滲《にじ》んだ過去の残骸《ざんがい》からあえて意識を背《そむ》けたのはわかっていた。

触れかけた過去や変化への予兆について、見ないふりでやりすごすことだけは、うまくなってしまった。それが奇妙なさみしさを連れてくることも、たぶん、お互いに知っていた。

＊　＊　＊

高校三年の冬。涼嗣も秋祐もすでに受験を終え、東京の大学に行くことは決定していた。そのころには幼いときほどべったりな関係ではなかったが、東京で一緒に住もうという話にはなっていた。慣れない土地への不安と親の勧めもあり、とくに断る理由はなかった。

都内には涼嗣のためのマンションが用意されており、間取りは充分あった。袴田の親も蓮実の家も、それぞれの息子たちに対して信頼はあり、生活のためのアルバイトをするくらいなら、そのぶんを学業に専念するようにと言われていた。

（……遅いな）

その日は、秋祐と新生活についての打ちあわせをする予定になっていた。お互い高校も違い、進学する大学も違う。個々の生活があるため、それなりにルールを設けておいたほうがいいだろうと、事前に話しあうことを決めていたのだ。

当時、涼嗣は実家の離れに住んでいた。敷地内にもうひとつ小さな家が建っているかたちになるそれは、風呂がないことを除けば完全な一戸建てで、電話も涼嗣専用のものが引かれている。親たちを交えると話が長くなるので、直接そちらに来るようにと秋祐にも伝えてあった。

だが、予定の時間をすぎても秋祐は訪ねては来ず、電話の一本もない。まだ学生が携帯電話を持つことがあまり一般的ではない時代で、連絡のつかなさは困惑を招いたが、この時点で涼嗣はさほど心配していなかった。

甘やかされた秋祐が、うっかりすることはよくあったし、高校に入ってからはことに、別行動が増えた。そのため、彼の気まぐれで果たされなかった約束はいくつもあった。

忘れたのか、急用でも入ったか——と考え、そういえば、今日はひとと会ってからこちらに来ると言っていたことを涼嗣は思いだした。

——今日は、ちょっと、学校の後輩と話をしないといけないから。

話しこむうちに時間を忘れているのかもしれない。ある意味一点集中な性格の秋祐には、悪気なく時間の概念が飛ぶところがあった。要するに子どもっぽいのだ。

(まあ、また後日でもいいけど)

なかばあきらめながら待つまま夜も更《ふ》けたころ、蓮実の家から涼嗣に連絡が入った。そしてそこで、秋祐がまだ帰宅していないことを知らされた。

『今日は、涼ちゃんの家に行くとは聞いてたんだけど……いないの?』

夏葉の怪訝そうな声に、なにか不測の事態が起きたのだと涼嗣は悟った。そして、とりあえず自分が探しに行くから、今日はこちらに泊まったことにしてくれと夏葉に告げた。

「こんなの叔父さんにバレたら、あいつ進学まで取り消されそうだから」

『そうね……悪いけど、お願いします』

秋祐に過保護な叔父のことだ、大騒ぎになりかねない。そう告げると、夏葉も自分ひとりの胸におさめるから、秋祐を捜してくれと頼みこんできた。

了解の旨を伝え電話を切ると、すでに時刻は九時をまわっている。コートを羽織り、涼嗣は離れを飛び出した。

繁華街に捜しに行くのは無駄だと思った。地方の田舎町には、夜の八時をすぎても営業する店で、高校生が制服のまま入れる場所などない。

(市内に出てればべつだが……いや、ないな)

秋祐はにぎやかな場所が好きではないし、夜遊びをするタチでもない。むしろ高校生になってもまだ、虫のことばかり考えているようなタイプだ。

そういえば「話をする」と言っていた。深刻そうな表情だったし、あのいとこの行動パターンを考えると、街中の喫茶店などを選ぶとは思えない。

涼嗣の実家の敷地である、幼いころ遊んだ林は、秋祐のテリトリーでもある。長い時間をすごすために、勝手に自分たちで粗大ゴミになったベンチや遊び道具を持ちこんで、『秘密基地』などを作っていた。

秋祐がなにかまじめな話をする際には、あそこしかないだろう。懐中電灯を手にした涼嗣は、直感に任せて走り出した。

そして、二十分も走ったころだろうか。捜しにいった林の奥、たしかに秋祐はいた。

だが、その傍《かたわ》らにいる青年や、男に組み敷かれた姿は涼嗣の予想を大きく超えるものだった。

「……なに、してるんだ？」

「涼嗣……」

冬の空気に肌をさらした秋祐は、涼嗣を見て凍りついた。涼嗣もまた、愕然《がくぜん》としたまましばらく動くことができなかった。

(なんだ、これは)

細い脚の間から、秋祐自身の翳《かげ》りがのぞき、そこに淫《みだ》らな湿りと火照《ほて》りがこびりついているのを見た瞬間、かっと頭に血がのぼった。

破れた服や状況で、力ずくで強引に襲われたことはすぐに理解できたし、涼嗣が見つけたときにはすでに、行為が終わっていたこともまた、認めたくはないけれども、一目でわかった。

「おまえ、アキになにした！」

叫んで摑みかかった相手は、涼嗣と同じような体格だった。小柄な秋祐が抵抗しきれるわけもない。夜目にも白い秋祐の肌についた凌辱《りょうじょく》の痕《あと》は、涼嗣にはあまりに痛々しかった。

だが、襟首を摑んだ相手は涼嗣など視界にも入っていない様子で、秋祐へと告げる。

「俺は、謝らないから。先輩が、全部、悪い」

「なに言ってる!?」

自分を正当化するようにつぶやいた青年に、殴りかかろうとした涼嗣を止めたのは、秋祐だった。ぼろぼろの身体で起きあがり、涼嗣の腕に手をかけた彼は、かすれきった声で言った。

「そうだな、俺が、全部悪い。ごめんな、浅野《あさの》」

「秋祐!?」

なぜ止める、と驚愕《きょうがく》した涼嗣の腕を摑んだ秋祐の手には、ろくな力など入っていなかった。だが震え続ける細い手を振り払えずに、いとこの顔を見つめるしかできなかった。

秋祐は涼嗣を見ることはなく、たったいま自分を傷つけた相手に、ぎこちなく笑いかけた。

「でも、おまえも悪いから、これでおしまい。いままで、ありがとう」

細いけれども、ひやりとした声だった。浅野は殴られたかのように広い肩を揺らし、低く唸《うな》るように言った。

「これで、終わりですか」

「終わりにするしか、ないんじゃないかな。もう、無理だろう?」

それでいいよな、と念を押す秋祐の声に、浅野と呼ばれた相手は顔を歪めて答えなかった。ただ、すさまじい顔で涼嗣を睨《にら》みつけ、唇を嚙《か》んで去っていった。

月明かりだけを頼りにするしかない暗い林のなか、すぐにその背中は見えなくなる。呆然《ぼうぜん》とそれを見送り、怒りや憤りの持って行き場がなくなった涼嗣は、何度もため息をついて感情を押し殺した。

「おまえ……なにが、ありがとうなんだ」

呻《うめ》くように涼嗣が言って、地面にうずくまったままの秋祐に手を差し伸べる。

「立てるか」

「平気、慣れてるし」

それを拒んで、泥まみれの衣服を整えながら捨て鉢な顔で告げる秋祐に、涼嗣はどういう意味だと顔をしかめた。

いつもあんなことをされているのかと目顔で問えば、秋祐はうつろに笑う。

「浅野は、いつもは、あんなやつじゃないよ。やさしいし、気持ちよくしてくれてた」

だから俺が悪いんだ。なにもかもあきらめたように告げる秋祐にも「いつも」という言葉にも打ちのめされた気分で、涼嗣は、かける言葉を失った。

（いつもって、なんだよ）

けれど問いかけるより早く、秋祐が「いいんだ」と笑うから、涼嗣は荒れた気分をそのまま声に乗せてしまった。

「なにがいいんだ！　あんな真似されて、おまえっ」

「しょうがないよ。俺が怒らせた。高校出たら、もうつきあえないし……あっちで涼嗣と一緒に住むってことも、今日まで黙ってたし」

「つきあえない、って……」

つきあっていたのか。うろたえきった声を出す自分が滑稽《こっけい》だと思いながらも、鸚鵡《おうむ》返しにするしかできなかった。

「気持ち悪い？」

「いや、そういうことじゃない。そういうことじゃないけど、少し……」

額を押さえ、涼嗣は混乱をやりすごそうとした。うっすらと嗤《わら》う秋祐は「しょうがないよな」とつぶやく。

「なにがしょうがないんだ」

「あいつ、すごいやきもち焼きだった。ほんとは東京に行くのも、すごい厭《いや》がってたくらいなんだ。それでもひとり暮らしだと思いこんで……っていうか、俺が言ってなくて。それで、涼嗣と同居するから、遊びには来るなって言ったら、こうなった」

「な……」

色のない声で、東京での同居の件が、どうやら秋祐の恋人の怒りを誘ったらしいと知った。秋祐は詳しく話そうとしないし、まだ混乱のひどい涼嗣には事態がいまいち飲みこめてはいなかったが、浅野はどうやら年下で、あと一年高校に通わなくてはならないらしい。いずれにせよ秋祐とはよくて遠距離恋愛、もしくは別れるしかない状態だったのだろうことはわかる。

そして同性を恋愛対象とするタイプの人間にとって、恋人がべつの男と――それがいくら親戚とはいえ、同居するとなれば、心穏やかではいられないだろうことくらいは想像がついた。

「俺のせいか」

自分の咎《とが》では、まったくないと知りながらも、そうつぶやくしかなかった。秋祐は複雑な顔で、あいまいな笑いを浮かべてかぶりを振る。

「どっちにしろ、今日、おしまいにするつもりだった」

「だからっておまえ、こんな人気《ひとけ》のない場所で……」

こじれる可能性が予想されたなら、もう少し危険の少ない場所にすればよかったのではないか。そう言いかけた涼嗣を、思いがけず強い語気で秋祐は遮った。

「ほかにどこがあるんだよ。ひとのいるところでなんか、男同士で別れ話、できるかよ」

地方の町で、密接な近所づきあいがあるぶん、周囲の目は聡《さと》い。同性同士のややこしい話しあいをする場所など、高校生にはろくにない。そのため、秋祐はこの場所に彼を招くしかなかったのだろう。

涼嗣は苦いものを嚙みしめながら、「とにかく帰ろう」と言うしかなかった。声や表情だけはおそらく、さほどいつもと変わらないだろうけれども、涼嗣はかなり混乱していた。

去った男の凶行は、別れ話がこじれたゆえのものでしかなく、それまでは合意であったというのか。秋祐は、とうにその身体を男に明け渡していたということか。

いったいなにからショックを受ければいいのかわからないまま、涼嗣は無言で秋祐に付き添い、家までの道を歩くしかなかった。

ぼろぼろの秋祐を帰すわけにいかず、その夜は涼嗣のもとに泊めると蓮実の家に電話を入れた。電話に出たのは夏葉で、彼女にもむろん事実など言えるわけがない。

友人と話しこんでうっかりしたらしいと告げれば、安心と呆れの混じったため息をついた夏葉は『帰ってきたらお説教するって伝えて』とだけ告げ、電話は切れた。

涼嗣のでっちあげた言い訳を、夏葉は疑いもしなかった。涼嗣の言葉や秋祐の素行に関して、信頼があるからこそだろう。いまはそれが、苦くも重い。

足取り重く部屋に入ると、秋祐は出窓の桟《さん》に腰かけ、ぼんやりと外を見ていた。ここに連れてきてからというものずっとこの調子で、無言のまま身じろぎさえしない。

秋祐の制服は、泥やそのほかの汚れでひどい状態になっていた。卒業も目前で、あと数回も着ることはないだろうけれども、破れたそれは処分するしかないだろう。

三年間身に纏《まと》った詰め襟は、細い首にもひどく窮屈そうで、その奥には彼を傷つけ振り捨てた男の残した嚙み痕があるのを、涼嗣は知っていた――知らざるを、得なかった。

「秋祐。風呂、入りたいなら、母屋に行かないと」

古い離れは、純和風の平屋造りだった。焼けてはいるが手入れの行き届いた畳の部屋にはテレビもない。ただ、あの林を揺らす風の音だけがかすかに聞こえるだけだ。そのせいか、涼嗣の発した声が妙に響くようで、居心地が悪くなった。

「アキ。聞こえてるか」

幼いころと同じ呼びかけをすると、ふだんの秋祐なら怒った顔を見せるはずだった。だが、このときどれほど声をかけても、秋祐は涼嗣を見ようともしなかった。

「せめて着替えろ、アキ。泥だらけだから」

そっと肩に手をかけて、暴力のあとを払おうとすると、秋祐は突然、色のない声を発した。

「……人間も、いっそ無性生殖ができるか、雌雄同体になれればいいのに」

「え？」

「涼嗣、モザイク個体って知ってる？」

知らないと答えると、秋祐はけっして涼嗣と目をあわせないまま、淡々と、言葉を綴《つづ》った。

曰《いわ》く、昆虫には、モザイク個体、もしくは雌雄モザイクと呼ばれるものが、生まれることがある。雌性雄性を示す細胞が入り混じり、左右の翅の右が雄、左が雌の特徴が出るなどのパターンがある。

「でも、それは、雄でも雌でもないんだ」

彼らには繁殖能力はない。たとえばカタツムリなどの、いずれの性も有する雌雄同体とは根本的に違う突然変異で、寿命も短い。

「俺って、そういう生き物に近いんじゃないのかな。だから虫が好きなんじゃないかな」

そんなことを、遠くを見たままつぶやいた秋祐の顔に、表情はなかった。だが、大きな目からは一粒だけ、涙が落ちた。

「きっと俺は、ひととはちゃんと、向きあえないんだ。だから、失敗ばっかりする」

けっして涼嗣を見ない目は潤んでいたのに、声は乾ききっていた。感情がごっそりと抜け落ちた表情は、ぞっとするほどに遠く、そんなことをつぶやく秋祐がひどく哀しかった。

「おまえは、なにもおかしくない」

心を遠く飛ばした痛々しい姿がたまらずに、涼嗣は細い身体を抱きしめた。そのとたん、秋祐は猛然と暴れ、抵抗した。

「離せよ、触るな、俺に、触るな！」

望んでもいない形での性癖の暴露と別れ話という、二重の衝撃で、秋祐はどこか自暴自棄になっていたと思うし、混乱もひどかっただろう。

「違うくせに、涼嗣は、違うくせに！」

「違わない。なんにも」

「あんなところ見て、まだそんなこと言えるのか！　おまえに、なにがわかるんだよ！」

拒絶の言葉だけを吐く秋祐は、うめき声をあげて暴れ、やめろ、触るなと叫んで、涼嗣を殴った。細い身体のどこにこんな力があるのかというほど、拳は強く、痛かったが、それでも腕を離すわけにはいかなかった。

「大丈夫だから。アキ、大丈夫だから」

ただそれだけを繰り返し、泣き疲れた秋祐がぐったりするまで、涼嗣は秋祐の身体を離さなかった。

＊　＊　＊

湯船のなか、つらつらと昔のことを思いだしていると、脱衣所の向こうから秋祐の声がした。

「涼嗣、俺、さきに寝るよ」

「……ああ、わかった。おやすみ」

「おやすみ。あと……雑炊、ごちそうさん」

いかにもついでのように言ったけれど、そこが本題だということはわかった。涼嗣に面倒を見られることがいやなのか、それとも素直に礼を言うのが照れくさいのか、秋祐はいつも不機嫌そうにする。

(四年も経つのに、あればっかりは慣れないな)

苦笑して、汗の浮いた顔をざばりと洗った。

あの件のあと、秋祐は進学後の東京で、涼嗣と同居することを強硬に拒んだ。進学先が違い、お互いの大学がかなり遠いということもあって、通学に無理が出るのを理由にされたため、周囲はさほど疑問には思わなかったようだ。

涼嗣は、秋祐の大学との中間地点にアパートを借りるなりしてもかまわないと提案したが、あの時点でいま現在も住まうこのマンションがすでに用意されてしまっていた。

なにより、言葉ではなく「知っているくせに」——と目で語るいとこがひどくつらそうで、強くは言えなかった。

数年を経て同居する羽目になったのは、大学院修了時のトラブルのせいだ。秋祐としては不本意だっただろうが、どうでも実家に連れ戻したい叔父が意見を引っこめたのは、お目付としての涼嗣の存在があらばこそだった。

涼嗣としてはこの同居を機に、浅野の一件以来どこかすれ違ってしまった、自分たちの関係を修復したいとも思っていた。傷ついた顔を癒してやれなかった、あの苦い後悔を、二度と味わいたくないと、ここ数年やってきたつもりだ。

(それでも、まだ、壁がある)

秋祐は、涼嗣にセクシャリティを知られたことを、ひどく羞《は》じているらしい。

ひどい状態で恋人と別れ、そのうえ、よりによってあんな場面を涼嗣に見られたこともまた、大きいのだろう。

——違うくせに、涼嗣は、違うくせに！

――おまえに、なにがわかるんだよ！

涼嗣を全身で拒絶し、叫んだ秋祐の悲愴《ひそう》な声が、耳の奥に残っている。

もともと秋祐は天真爛漫《てんしんらんまん》で、末っ子らしく甘えたところがある。かつては涼嗣相手に遠慮などしたこともなかったくせに、唐突《とうとつ》にああして卑屈《ひくつ》なことを言ったり、過剰に身がまえるのは、見ていて痛々しかった。

むろん、マイノリティであることを身内に知られるだけでも、受ける衝撃が大きいだろうことは想像がつくけれど、むしろ秋祐が複雑な顔をする理由は、涼嗣自身だ。

秋祐にとっての自分が、どうやらコンプレックスの対象となっているらしいことは、涼嗣もうっすらと察している。

昆虫学の世界では優秀な研究者である秋祐だが、昔から少し変わった子どもだった。小柄な体格が示すとおり、身体も弱く、分家の長男としてつとまるようなタイプではなかった。

旧家の伝統のせいか、いまどきめずらしいくらいに、袴田家周辺は親族のつきあいが密接で、姉の夏葉も秋祐も涼嗣も、幼いころにはどちらが実家かわからないほどに、互いの家を行き来し、犬の子のように絡《から》まって転がっていた。

それが、物心つくころから、徐々に距離が開きはじめた。

涼嗣は自覚もするが、他人よりあらゆる意味で押し出しが強い。身体も頑健なうえに、学業でもスポーツでも華々しい成績をあげてきたため、同い年とあって周囲からはことあるごとに比較された秋祐が、それを苦く感じないわけもない。

涼嗣自身は、単に自分は器用で勘がいいだけだ、と思っている。身体能力や体格は生まれ持ってのもの、つまり親がたまたま健康に産んでくれただけのことだ。学生時代、それも高校程度までの勉強などは、『理解できるように』作られたカリキュラムだ。コツを摑めば成績をあげることなど、むずかしくはない。

それを言ったら友人には、「世の中には、不器用で、なにごとも上手にできないやつがいることは、知識としてでいいから知れ」――と怒られたが、それはさておき。

涼嗣からすれば、秋祐のような研究者たち、日々新しいなにかを見つけたり、深く掘り下げていくことのほうが、よほど優れているのだと感じる。だが、子どものころから植えつけられた涼嗣への劣等感はなかなか去らないようで、なにかにつけて、小さくなってしまう。

長年引け目を感じてきた相手に、隠していた性癖を知られたのだ。秋祐はどれだけ苦しかっただろう。

言葉でも態度でも、繰り返し「そのままでいい」と伝えてきたつもりだが、彼の劣等感をぬぐい去るのは、なかなかにむずかしい。不意をついて顔を覗かせる、あの夜の記憶が消えない限り、涼嗣は秋祐について安心することはできないのだろう。

年齢を重ねるのは、痛いところに触らない方法を覚えていくことなのかもしれない。

穏やかな時間を護るためのずるさを、涼嗣は秋祐のために身につけたのだと思う。

だがそういう自分を、案外ときらいではなかった。

（まあ、そのうちには慣れてくれるだろう）

気まずいまま十八から二十四までの六年を離れて暮らし、同居してからは四年だ。比重としてはまだ、すれ違った時間のほうが長い。

気長にかまえていればそのうちどうにかなるだろうと、涼嗣はなんの疑いもなく考えていた。

＊　＊　＊

涼嗣は秋祐が夜食を取るのを見届けて、やっと「風呂に入る」と席をはずした。

食べ終えるまでは監視するとばかりに目の前にいた、存在感のありすぎる男は、自分こそがプレッシャーを与えているとは気づけなかったらしい。

台所を片づけ、浴室の涼嗣に声をかけて自室に戻ったとたん、秋祐はほっとして、ベッドに倒れこんだ。

さきほど胃につめこんだばかりの雑炊が妙に重たい気がするのは、かまいつける涼嗣の情を持て余すからだ。

「いつまで、お目付役のつもりなんだか」

こぼれたつぶやきが苦いばかりで、鬱屈《うっくつ》したため息しか出てこない。

たしかに秋祐は不器用なほうだと思うが、あれではまるで、保護者と被保護者そのものだ。涼嗣とは、小さなころには兄弟のようにして育ったが、学区のせいで別れた中学からは、お互い別々の交友関係ができたし、つきあいも浅くなった。それ以後、高校、大学といずれも進学先は別れたままで、ごく一般的な『親戚づきあい』しかなかったと思う。

同居するまでお互い東京に住みながらも、ろくに顔を合わせはしなかった。だからこそだろうか、涼嗣のなかで、秋祐はいつまでも小さい子どもの印象があるように思う。

そして涼嗣が秋祐に対し、甘すぎる理由はもうひとつある。

——アキは、もっと楽になっていい。

ひどく気に病んだ顔をした涼嗣の表情で、彼もまた『あのこと』を忘れてはいないのだと、いつも思い知らされる。そのたび、見当違いの情をかける男に、胸苦しさが襲ってくるのだ。

十年前のあの件について、たしかに秋祐は複雑なものを覚えてはいる。けれども、その根本的な意味合いを涼嗣はまったくわかってはいない。

(鈍いんだよ。モテすぎのせいかもしれないけどさ)

あれも目立ちすぎた弊害《へいがい》だろうかと、穿《うが》った見方をしてしまう。

涼嗣は、ひいき目抜きにして見目のいい男だった。パーツのひとつひとつが流麗に整っている、というタイプではない。奥ぶたえの目やくっきりと太い線で描かれたような眉、薄い唇は、よく見れば地味で、いささか古風な印象があるのだが、通った鼻筋を中心に、目鼻立ちのバランスが非常によかった。

芸能人やモデルのような派手な雰囲気はないのだが、男らしくしっかりとした顎《あご》から続く削《そ》いだような鋭い頬のラインには、気持ちの芯《しん》の強さが表れている。

そのうえ頭脳も明晰《めいせき》で体格にも恵まれているとくれば、群がる女性は多い。

だが涼嗣は、女性たちとのつきあいはあまり長く続かない。相手をないがしろにしたり、浮気などの不誠実な真似は一度もしないのだが、なぜか恋人の入れ替わるサイクルは、若いころから早かった。

理由はなんとなくわかっている。涼嗣は仕事などの面においてはひどく厳しいし、熱心だが、そのおかげで多忙すぎる。また基本が淡泊な性質で、他人に対しても理名との理性的なつきあいが示すように一定の距離を崩さない。

とくに示威《しい》的だったりはしないのだが、本質的には神経が太く、勝者特有の無自覚の傲慢《ごうまん》さ、とでもいうものを持っている。他人を従えるのが当然というような、独特の雰囲気があって、秋祐が同居する際にもそうだったが、年上の親族だろうがなんだろうが、こうと決めたら有無を言わさない。そして他人の意見はしりぞける。

物腰がやわらかく映るのも、あくまで育ちのよさと厳しいしつけのせいであって、彼自身が芯から穏やかなわけではない。そうでなければ、ディーラーなどという、勝負事の世界に身を置いたりはできない。そんな男だから、ついていくには苦労するだろうし、おそらく恋人としては、いささか甘みにかけるように思う。

だがその法則が、秋祐に対してのみ例外になるのが厄介《やっかい》だ。

幼いころからのつきあいのせいか、例の一件があるせいなのか、涼嗣はことあるごとに自分だけを甘やかし、わがままを許し——という特別扱いをするのだ。

涼嗣は、どこまでも秋祐にやさしくあろうとする。傷ついて疲れきった弟のようないとこを、大事にしてくれようとする。それが苦しいのだとは、とても言えない。

しかも子ども扱いされているのは理解しているが、根本的になにかがずれているのだ。

(俺はもう、ガキじゃねえんだって。わかってんのか、涼嗣)

慰めに髪を撫でたりという甘みのあるやさしさを、同性に恋をする手合いの男に向けた場合、自分がどう思われるのかということが、涼嗣の意識からはすっぽ抜けているらしい。

それとも単純に、自分が想像も及ばないほど対象外の存在であるだけかもしれないけれど。

自嘲《じちょう》して、秋祐は深々とため息をついた。

秋祐が二十八にもなって、誰かに庇護される存在でい続けているような錯覚を起こしてしまうのは、間違いなくあのいとこのせいだと思う。

そしていっそ涼嗣の向ける情を甘受《かんじゅ》し続けていたいのが、ねじれ曲がった執着のせいだと気づけないほど愚かでいたかった。

(わかってるよ。俺が全部悪い)

誠実な目をした、同い年のいとこのことが、秋祐はとても好きだった。好意の意味は、もう複雑に絡みあいすぎて、なにともつかないものになっている。

（あのころから、もう、そうだった）

県内でもっとも優秀な共学の高校に進んだ涼嗣とは違い、秋祐は私立の男子校に入学した。男だらけの空間で、思春期のありがちな幻想に惑わされる人間は案外多い。秋祐は当時から虫が好きな変人だと言われていたが、小柄で女顔のため、恋愛ごっこの対象にはもってこいだったのだろう。

一歩校外に出ればいくらでも女の子はいるというのに、好きだと打ち明けてくる連中は多かった。そのうちのひとりに誘われて、あまり深く考えることもなく寝てしまった。

抵抗がなかった理由のひとつには、すでに生物や動物の繁殖について独学でいろいろ調べていたせいだろう。

人間に植えつけられた性的な倫理観というのは、本能の面よりも、歴史上の政治的、宗教的な思惑が強い。近親姦《きんしんかん》などについては、劣性遺伝子を残す可能性への危機回避能力として、生理的に不快感を覚えるシステムが備わっているらしいが、同性愛については繁殖ができないという以外に、これといった問題はない。むしろ、種としての個体数が増えすぎたり、雌《めす》の数が少ない場合には、動物でも同性でつがうことはある。

それに、秋祐は以前から、ぼんやりとだが、自分は異性に興味を持てない人種ではないか、という予感めいたものを持っていた。

「夏葉に似てる、か……俺もたいがい、自虐《じぎゃく》的」

――夏葉ちゃんか。そういえば、そうかもな。

さっき涼嗣に向けて発した、含みのすぎた言葉さえ、さらりと受け流された。いまだにあんなことを気にしているのは、自分ひとりと思い知らされたのも、ひどく痛い。

十三歳の夏、林の奥でふらふらと、蛍を追って秋祐は歩いた。蛍もまたひとりぼっちなのかなと、さみしい気持ちになったのは、姉と涼嗣のふたりに疎外感を覚えたせいだ。

当時高校三年生の姉が、五歳年下の男を相手にするかどうかは、わからなかった。夏葉はうつむいていたし、泣いているような気配もあった。

だが、それを見つめる涼嗣の表情は、すでにひとりの男のものだった。

――あの沢、もう、蛍はいないんだな。

沢で彼らを見た日からしばらくして、ぽつりと涼嗣がそんなことを言った。突然で、なんの前触れもない言葉だった。

古めかしい離れの部屋で、涼嗣はぼんやりと外を見ていた。整った横顔は、あの月夜の沢で見たのと同じ、少し厳しいくらいに精悍《せいかん》な印象があった。

いたよ、と言いそうになって秋祐は少し迷い、問いかけた。

――涼ちゃん、蛍、見たかった？　俺、捕ってきてやろうか。

口にして、少しどきどきした。小さなころ、涼嗣がそうしてくれたように、彼も喜ばせてあげたかったし、秋祐があの夜、彼らを見たことがばれたらどうしようと、そんな、不思議なうしろめたさもあったように思う。

秋祐の言葉に涼嗣は目をまるくして、そのあと、やさしく笑ってかぶりを振った。

――ありがとう。でもべつに、いらないよ。

ぽんぽん、と頭を叩《たた》いた涼嗣の言葉に、自分でも驚くくらいに落胆した。おとなびたいとこは、おそらく秋祐が無茶をするまでもないと言いたかったのだろう。けれども、「いらない」と言われたことが、なんだか無性に哀しかった。

まるで、秋祐自身をいらないと言われたような、そんな気がした。あの夜の沢で、ふたりだけで完璧なきれいなかたちを作ったような姉と涼嗣に覚えた疎外感が、秋祐の口を滑らせた。

――涼ちゃんは、夏葉が好きなのか?

問いかけると、涼嗣は唐突になんだ、という顔をした。だがじっと秋祐が言葉を待っていると、少し困ったように眉をひそめ、あいまいに笑った。

(おとなの顔だ)

もう、違ってしまったのだと、理由もなく感じたのはその瞬間だ。

涼嗣のその表情は、言葉として答える前に、秋祐の問いを肯定してしまっていた。ややあって、ぽつりと彼はつぶやくように言った。

——でも、夏葉ちゃんは、そういうのじゃあ、ないだろうな。

いまよりもまだ表情がかたくなだった涼嗣が、夏葉の名前を唇にのぼらせたとき、やさしく細めた目が印象的で、その色の甘さだけはずっと忘れられない。

あんなにも痛い甘さを、秋祐は知らない。

夏葉と涼嗣にないがしろにされた、という意味ではなく——おそらく、男女として情を交わせる彼らに、自分とは違うのだという確信じみたものを覚えた。それはひどくさみしく、怖いような距離感を伴う自覚だった。

いまにして思えば、秋祐が自分を抱きしめてくる同性の腕に抵抗感がなかったのは、そのころにすでに素地ができあがっていたのだろう。

(あのときだって、浅野が俺を罵《ののし》って無理に抱いたのは、ある意味じゃ涼嗣のせいなのに)

鈍い男は、未成熟な青年の行きすぎた悋気《りんき》だと、あの暴力を片づけたようだった。

だが実際には、あれは本当に『涼嗣のせい』だった。

浅野は自分の背恰好が、そして声が、あのいとこに酷似《こくじ》していることを知っていたのだ。

——おまえ、俺のいとこに、よく似てる。

浅野と知りあったきっかけ自体が、そんな言葉からはじまっていた。だからこそ、好きだと言われて戸惑った。まるで身代わりじゃないかと拒んでも、それでもいい、代わりでもかまわないと迫られて、流された。

だから秋祐が謝ったのだ。悪いのは全部、自分のほうだ。いつか自分を見てくれるんじゃないか、そう思いつめた年下の後輩の気持ちを、見ないふりで東京に逃げようとしたのは秋祐のほうだった。

そんなこともなにも知らないまま、まるで卵を抱く親鳥のように接してくる涼嗣に、何度胸の裡《うち》をぶちまけてしまおうかと思ったかしれない。だがそのたび、ふわりと胸の奥で光る残像が、秋祐の口をつぐませ、あいまいな同情を受け入れるしかなくしてしまう。

そしてことさら、彼の前では子どものように振る舞ってしまうのだ。傷ついた過去から目を逸らせない涼嗣につけこんで、いつまでも甘えて。

なかば強姦まがいに抱かれた場面を見られてから、もう十年が経った。その間、涼嗣の知らない場所で、秋祐は幾人かの男と関係を持った。田舎の町とは違い、都会ではその手の人種の集う場所も見つけやすい。数年続いている、不定期なセックスの相手もいる。

そのいずれもが背が高く精悍で、やさしい低い声を発するタイプなのは、もはや自虐なのかもしれない。

(ずるいのは、俺か)

涼嗣の他意のないやさしさが痛くてたまらないのに、そんなものですら欲しがって、ずるい自分を隠している。

ベッドに転がるまま、ぼんやりとした視線を向けた部屋の隅には、一辺が九十センチを超える大きな水槽がある。涼嗣の稼いだ金で暮らす、この広い部屋さえも圧迫する水槽の中身は、小さなビオトープだ。特殊培養水と培養土に水草、自然の石などをしつらえ、流水ポンプと水温計で、できる限り自然の環境に近いよう温度などを管理している。

電気代がかさむのは、本当は暖房などではなく、これのせいだ。涼嗣はこの巨大水槽が運びこまれたときも、目をまるくしただけで、なにも言わなかった。ただ、研究に使うのかと興味深そうに問いかけてきただけだった。

「もう、あと二週間、くらいかな」

クロメダカが、水槽のなかでひらひらと泳ぐ。隅に転がるカワニナ。小さな生態系を作る水槽のなかで、もうじき『あれ』は成虫になる。丹精こめて世話をしていたせいか、予想よりも成長が早いようだ。

今年の涼嗣の誕生日に、どうしても見せたいと思っていた。

ここしばらく、頻繁にあれこれと自宅に虫を持ち帰り、わざと大騒ぎにするのは、涼嗣をこの部屋に入らせまいとするための拙《つたな》い策だった。

けれど、考えてみればその日の彼は、理名とすごすに違いない。涼嗣はへたをすると、自分の誕生日など忘れているかもしれないけれど、理名はそれを見落とすような女ではないだろう。

(今度は、本気なのかな)

学生時代からいままで、何人も涼嗣の彼女を見てきた。あの情緒不足の男は、基本的になにごとにも執着がなく、それがゆえに女性に好かれ、またそれがゆえに、別れを告げられる。

（なんでも勝手に決めて、女作っちゃ別れて、女作っちゃ別れて、女作っちゃ別れて）

切れ目がないのは、誘いが引きも切らないからだ。

女性たちにとってけっして都合のいい男ではないというのに、彼女らは涼嗣の『強さ』を見抜いて、我がものにしようとやってくる。つくづくあれは、生物の雄として優位な種なのだと、いっそ呆れと感嘆をまじえたものを覚えてしまう。

それでも、理名とは三年だ。学生時代からいまに至るまでで、いちばん長いつきあいの恋人は、美人で聡明で涼嗣をよく理解しているらしい。秋祐の複雑な胸の裡をしても似合いなのだろうと思う。

実家にまで連れていくとなれば、いよいよ、ということなのだろう。

（俺は、どうしようかな）

こういうとき、秋祐は、自分と涼嗣の存在の境界線が、ひどくあいまいだと思い知らされる。

友人であったなら、もっと早くに自他を識別できたのだと思う。けれど、一生切れることのない血の縁が、はじめから涼嗣と秋祐の間には存在していて、どんなに避けようとも、どんなに自分と彼が違うものだと認識しようともむずかしい。

そのことにどこかで『当然』を感じ、甘えている。

「せっかく育てたのになあ。これ、けっこう高かったのに」

いつでも自分の思惑は空まわりしてばかりだと、秋祐は失笑する。

かさりと部屋の隅で、オオスカシバが羽ばたく音がした。ケースのなかに押しこめられた存在は、ぱたん、ぱたんと透明な壁にぶつかって、もどかしげにしている。

(俺と、涼嗣みたいだな)

幼いころからの記憶、しがらみ。狭い空間に閉じこめられ、どこにも行けない。

いや——どこにも行けないのはおそらく秋祐ひとりだけなのだろう。涼嗣はなにも気づいていないのだ。あのやわらかな情が、透明な檻《おり》となって秋祐を縛っていることさえ。

明日は、オオスカシバを大学の温室に放してやろう。秋祐は小さく手足をたたみ、布団のなかにもぐりこんだ。

神経が高ぶっていようとも、眠らなければならない。大学に行けば、研究対象たちの世話にくわえて、やかましい学生の面倒も見る。無駄な体力を浪費している場合ではなかった。

それでも本音は、このままさなぎのようにまるまって、どろどろと溶けて、違う生き物に生まれ変わりたい。

できもしないことを考える弱さが、たまらなくいやだった。

＊　＊　＊

オオスカシバ騒動の翌日、涼嗣は佐伯からの呼び出しに応じて、行きつけの店に訪れた。

いまは総合商社の営業職をつとめる旧友は、相変わらずの派手な風貌と長身に似合う、洒落《しゃれ》たスーツ姿でカウンターに座っていた。

「おまえさあ、いいかげんアキちゃんに、あの趣味どうにかしろって言ってくんねえ？」

挨拶《あいさつ》もそこそこに、開口一番文句を言われた。涼嗣は肩をすくめ、グラスを手にした佐伯の隣に腰をおろす。

「あれは秋祐の『趣味』じゃない。ライフワークだ」

「知ってるよ、本職で研究してんのは。じゃなくて、家に持ちこむなってこと。アレのせいでおまえんちにもおちおち行けやしないし、おまえと会うのだって、うっかりナンカついてねえかって、びびるんだよ」

「安心しろ。今回の飼育対象は、鱗粉は羽化のときに落ちてるらしいから、問題ない」

「鱗粉とか言うな、マジで！」

幼いころ、友人のいたずらでズボンのなかにハチを突っこまれ、大事な部分を一週間腫《は》らしたという佐伯は、極度の虫ぎらいだ。『虫』という単語すら口にするのも厭らしく、秋祐のことに話題が及ぶと、いつも顔をしかめている。

「おまちどお」

佐伯がぶつぶつ言う間に、注文する前にテーブルに置かれたのはブッシュミルズ。酒類免許は世界最古といわれる銘柄だ。かつて、シングルモルトを気取って口にするには若造すぎる、酒の味がわかるまでは、安酒の水割りで充分と涼嗣に説教をしたのはこの店のマスターだった。

アイリッシュはスコッチよりも、あっさりとした飲み応えで、涼嗣は好んでいる。

「それで、なんの用なんだ？　わざわざ呼び出したのは、秋祐のことでおまえが文句を言うためでもないだろう」

佐伯とは、時間があえば飲みに行くのはめずらしくもないが、夏の決算前でさほど暇もないはずの男からの、二日続けての誘いが気になった。問えば、佐伯は少しだけ表情をあらためる。

「ああ、うん。ちょっと確認したくてさ」

「確認？」

涼嗣が首をかしげてみせると、彼はもったいをつけるように、火をつけた煙草《たばこ》をうまそうにふかした。昨今の嫌煙運動の波は喫煙者にとってひどくわずらわしいが、この店はそんな野暮は言わない。ただしマナーの悪い客は、誰であれつまみ出されるが。

紫煙《しえん》をしばらく口のなかで転がした佐伯は、ゆったりとそれを吐き出しながら言った。

「おまえ、マジで理名ちゃんに決めんの？」

「なにか聞いたのか」

「涼嗣が、実家に連れてくって約束したってことは」

理名と佐伯は、同じ会社の同期だ。部署は違うらしいが、入社後の研修で親しくなったという彼女には、佐伯が催した合コンで出会った。

涼嗣は合コンなどに興味もなかったが、頭数が足りないからと無理に引っ張り出され、そこで同じく興味のない顔で座っていた理名と親しくなり、なんとなく、なるようになった。

知性に比例してプライドが高く、さばけた理名は、いままでの彼女のなかでいちばん楽な相手だった。少しだけ予想と違ったのは、思ったより早く結婚をにおわされたことだが、それは佐伯も同じだったらしい。

「理名ちゃん、いま企画開発部で、けっこうでかい仕事、任されようとしてんだよ。けど、どうも三十前にはおまえとのこと決めたいらしくて、今度のプロジェクトの主任、受けるか受けないかで相談された」

「それで、その話が出たのか」

「そ。俺のほうも、いずれそのプロジェクトとは関わってくるからさ」

詳細は守秘義務があるから言えないが、おそらく三年がかりの商品開発になるらしい。理名がそれを受ければ、当面は結婚など無理になる。また、彼女がそれを辞退した場合には、同じく同期の男が主任になるだろうと佐伯はため息まじりに語った。

「そのとき、主任が理名ちゃんか、違うやつかで、営業としては、だいぶ話の進めかたが変わってくんのよ」

「ああ……なんとなくわかった」

会社という組織に感情はなく、あくまで利潤追求団体であるのだが、しょせん内部でそれを構築するのは『人間』だ。勤める会社の利益など考えず、ただ私的な感情でものごとを引っかきまわすタイプも、少なからずいる。

根まわし、裏工作、ネゴシエーション。平たく言えば、業務をまわすための『気遣い』を対外的にやるのは当然だ。しかしながら、日本の企業では『社外に二割、社内に八割』というのが、実情になっている。

「というわけで、俺も心づもりが欲しいわけ。理名ちゃんも、いまいま結婚をはっきりさせたいってのも、そういうことなんだろう」

「なるほどな」

せっつきにはそういう事情もあったのかと、涼嗣は納得した。そして、仕事と結婚の二択という人生の岐路について、内情をぶちまけ、涼嗣に重さを感じさせない彼女のやりかたにも、ひそかに感服した。

結婚願望の強い女を、涼嗣はさほど嫌いではない。理名はただステイタスが欲しいだけの女ではなかったし、社交的で健康で、そこそこに頭もいいし、旧家の嫁のつとめも果たすだろう。

「まあ、決まるんじゃないか。いまのところ問題ないし」

晩婚の多いご時世だ。二十八という年齢は、まだ身を固めるには早い気もするが、それ以外に断る理由も見つからない。

そう告げると、佐伯は「引っかかるぞ」と眉をひそめた。

「……おい。『問題ない』ってなんだよ」

「言ったとおりだ。三年経った。互いを知るに充分だったし、問題はなにもないだろう。条件的にもベストだと思う」

涼嗣のあっさりとした言いざまに、佐伯は顔を歪めた。

「なにそれ。条件だけで結婚すんのかよ。それって、どうなの？　素封家《そほうか》のうちって、そういうのが常識なわけ？」

情のないことだと涼嗣を咎める言葉に、苦笑するしかない。

「べつに家のことだけじゃないが」

「おまえ自身の考えってことか？　だったらますますいけすかねえ」

いけすかないと来た。地元高校の同期で、かれこれ十二年のつきあいのある男は、涼嗣相手に毎度ながら忌憚《きたん》のない発言をしてくれる。いっそすがすがしいと笑いがこぼれた。

「笑いごとかよ」

「いや、悪い。けど、理名も理名で、俺自身にはあれこれくっついてるのを承知のうえだ」

「あれこれ？」

「人間的な意味だけじゃなく、経済力だとか、その他もろもろ」

涼嗣はそもそも恋愛自体にあまり興味がない。歴代の彼女たちとも、それなりに誠実につきあってきたつもりではあるが、基本的に学生時代は学業と部活、社会人になってからは仕事に重きを置いていたため、結局は不満がられ、なんとなく自然消滅だった。

理名は、そういう意味では涼嗣の邪魔をしない。甘ったるい恋愛より、堅実な生活を欲するタイプでもあるし、必要以上にかまってくれともせがまれないところが、楽だった。

また、『経済力がある男と結婚したい』という理名の主張も、涼嗣としては納得がいった。

——なにも贅沢をしたいわけじゃない。でも子どもを成人まで育てるのに、どれくらいお金がかかるか、涼嗣は知ってる？　ひとりにつき、三千万平均よ。わたしは子どもが三人は欲しい。それを自分の手で、ちゃんと育てたい。そのためには、パートナーにきちんと生活を保障してほしいの。

理名の言葉をそのまま口にすると、佐伯は顎を引いて顔をしかめていた。

「うっわあ、まじっすか。理名ちゃん、あんな顔してじつは、超肉食な感じ？」

「そうか？　そう粘っこくはないが。むしろ理性的なくらいだぞ」

理名の実家は、ごく一般的な家庭だったらしい。だが、生活で苦労した覚えはいっさいないと言っていた。

——わたしの両親がしてくれたように、わたしも子どもたちに、心配のない生活を保障して、教育して、のびのび育ててあげたいっていうのは、ごくあたりまえの願望だと思うけど。

きっぱりと言いきった理名は、涼嗣と同じ目をしていた。つまり、結婚というものに甘い夢を見るのではなく、現実しか見ていない。

「でも、理名ちゃん、稼ぎあるじゃん。子ども欲しいだけなら、なにもそんな、家庭に入るとかこだわらなくたっていいんじゃねえの？」

感心しつつも首をかしげた佐伯の意見に、涼嗣はもっともだとうなずいた。

「たしかに理名なら、自分ひとりだって、金銭面ならどうかなるかもしれない。けど、世間はまだ女性がひとりで子どもを育てる環境を、あまりよしとしてくれないし、共働きになれば、やっぱり子どもにかける時間は減っちまうだろう、ってな」

変な欲に駆られているわけではないのだと説明しても、佐伯は表情を変えなかった。

「そういう女ってさあ、結婚したら子どもに夢中で、ダンナ放置したりすんじゃねえの？　俺、子ども作らないならセックスしないって言い張った嫁と裁判になった話、聞いたことあるぞ」

「理名はそういう我をとおすタイプじゃない。たぶん、こちらが必要だと思えば応じるだろ」

世界でも夫婦間のセックス回数でワーストランキングに入ってしまう国だ。そういう話もあり得るだろうと思いつつ、涼嗣は一応のフォローを試みた。

だが、うんざりとつぶやいた佐伯には、むしろ共感を遠ざける結果になったらしい。

「必要だと思えば、って……なにその乾ききった感じ」

「乾いてるか？」

笑ってみせると、佐伯は苦い顔をした。どこまでも理性的な涼嗣について、昔からこの熱い男は、文句を言い続けている。

「もうちっとさあ、ラブとか、そういうのはないわけかよ、おまえら」

「結婚までしようっていうんだから、ふつうにあるんじゃないのか」

「そうじゃねーっつうの……おまえ、もちっと、人間味ってもんはないの？」

呻く佐伯がなにを言いたいのかも察してはいたが、いまさら変わらないのだと微笑むしかない。だが旧友は、ごまかされないぞと睨《にら》んだ。

「おまえもドライすぎだけど、理名ちゃんも逞《たくま》しすぎ。俺は、そういうタイプはヤだな。もうちょい頼りないくらいのがいい」

佐伯はいささか趣味が悪く、手がかかって面倒な女が好きだ。一歩間違えばストーカーになりかねないくらい依存されるのが好きで、そのうえ博愛主義者なものだから、年中修羅場を繰り返し、いずれ刺されるぞと何度も周囲に忠告されている。

「ひとのことをいろいろ言ってくれたが、おまえはラブとやらに振りまわされすぎだろう」

「いいの。俺は愛を探してさすらうの」

呆れ笑いを漏らしていた涼嗣だが、続いた佐伯の言葉にぴくりと眉を動かした。

「あーあ。アキちゃんが女で、アレの話をしないなら、ほんっとストライクなんだけどな」

「……なに？」

「だって顔かわいいし、おとなしいけどちょっとヘンだし、おもしろいじゃん？　あいつ。生活能力なくて、手がかかるとこもツボなんだよな」

　女ならという前提が来ることにか、秋祐の名前が出たことになのか判然としないまま、涼嗣はたしかに不機嫌を覚えた。

「ふざけたことを言うな」

「マジになるなよ。ほんっとおまえ、あいつに関してだけはおっかねえな」

佐伯が、わざとらしく秋祐を「ちゃん」づけで呼ぶのは、婉曲《えんきょく》ないやがらせとからかいだ。涼嗣が秋祐に関してだけは、妙にムキになるのが興味深いらしい。

理名の件についてもそうだが、涼嗣のなにごとにつけ執着の薄い性格は、必死になれるほどのものがないことに対する、厭世《えんせい》的とも言えるつまらなさからきている。

　いま現在の仕事である証券会社のディーラーなどという職を選んだのも、時流を読み、数字を動かすことのむずかしさが、こたえられない魅力だったからだ。その選択は正しく、涼嗣はいまだ魅了されたままで居るわけだが。

　どこかしら乾いた涼嗣を、周りはいつも遠巻きに見ていた。友人も、兄も、両親たちさえ。

だからだろうか、年齢より少し幼く頼りない秋祐を、これでもかとかわいがる親戚のことが、とても眩《まぶ》しく感じられた。そして、そこまで愛される秋祐の存在もまた、涼嗣のなかで唯一といっていいほどの、やわらかな情の象徴だ。

「大事ないとこだ。変な虫はつけたくない」

秋祐がいずれパートナーを選ぶにせよ、間違っても多情な佐伯など冗談ではない。むっつりと告げると、事情を知らない佐伯は「なんだよ」と口を尖《とが》らせた。

「虫って……あの虫愛《め》づる姫には、なかなかおいそれとは寄りつけなさそうだけどな。そこまで本気に取ることねえだろ」

どこまで過保護だよと呆れた声を発した佐伯は、秋祐のセクシャリティについてはむろん知らない。言えるわけもない。涼嗣が複雑な気分で黙りこんでいると、その横顔をじっと眺めていた佐伯は、煙草の煙と同時にふっと重い声を発した。

「でもおまえが結婚したら、アキちゃん、大変だな」

「え？」

「えってなんだよ。話聞いてる限り、どう考えても、あいつひとりじゃ暮らしていけねえぞ。室内遭難してぶっ倒れるのがオチだろう」

同居に踏みきった理由のひとつは、秋祐のあの生活無能力者ぶりだ。それは佐伯も知っているだけに、心配だと彼は言った。だが、涼嗣が引っかかったのはそこではない。

(ひとり……？　秋祐が？)

なにか、その言葉が妙に重たく胸にしこりを残す。奇妙な違和感があって、いったいそれはなんだと思考をまとめるより早く、肩を叩いた佐伯の茶化す言葉が意識をさらった。

「誰か、早いとこ嫁でも世話してやったら？　面倒見のいい、年上の」

「いや、それは――」

女性に興味のない秋祐には無理だと言いかけて、涼嗣はふたたび唇を引き結んだ。その顔があまりに苦く見えたのか、佐伯はさきの発言と矛盾したことを言う。

「ま、いくらアキちゃんでも、ひとりに慣れればどうにかなるんじゃないの」

「そうかもしれないが……」

「それか、案外おまえの知らないところで、誰か世話やいてくれるやつがいたりしてな？」

言われて、なぜか涼嗣は、口に含みかけた酒が喉に絡んだような気分になった。ごくりとそれを飲み干す音が、妙に大きく聞こえる。

誰か。また、ちくりと引っかかった。ささくれのような小さな痛みでしかないけれど、妙に苛立《いらだ》つ。無意識のまま眉間《みけん》に皺《しわ》を寄せ、涼嗣は問いかける。

「誰か、って？」

「知らねえよ、そんなの。でも大学の院出て、おまえと同居するまでの六年は、ひとりで暮らしてたんだろう。あのダメダメっぷり、若いころならなおさらだったんじゃねえの。おまえの代わりに面倒みてくれたやつ、いなかったとは思わないけどな」

俺でもほっとけねえと思うし、と続けた佐伯の指摘に、返す言葉がなかった。

――いつもは、あんなやつじゃないよ。やさしいし、気持ちよくしてくれてた。

ぼろぼろにされた秋祐がつぶやいた、十年前の夜。

あの瞬間まで、秋祐のプライベートな部分を涼嗣はろくに知らなかった。知らないのだということを、まざまざと実感させられて、それはひどく、痛い事実だった。

だからだろうか、自分のテリトリーのなかに秋祐がいることを、ひどく安心だと思うのは。ひとりでいる秋祐のことが、どうしても想像できないのは。

（でも、なんだこれは）

胸騒ぎを伴う違和感が理解できないまま黙りこんだ涼嗣に、佐伯は呆れを隠さなかった。

「なんだよ。おまえに理名ちゃんがいるみたいに、アキちゃんにも、いたっておかしくねえだろ。だいたい、同い年のくせにそこまで過保護なのもどうかと思うぜ？　アキちゃんが誰とどうであれ、それは彼の自由だろ」

「……そうだな。それは、秋祐の自由だ。秋祐が、好きにすれば、それでいい」

つぶやいて、涼嗣はどこかで聞いたような言葉だと思った。それを深く掘り下げる前に、佐伯が混ぜ返してくる。

「なんかおまえの物言いって、やーっぱどっか上からなんだよなあ。好きにすればいいって言いながら、俺の目の黒いうちは、って含み感じるわ」

いとこバカめとまた笑うから、涼嗣はなかば開き直りながら言いきった。

「べつに、そんなつもりはない。ただ秋祐をちゃんと好きになってくれて、ちゃんと大事にしてくれるやつがいれば、とは思う」

だが、それはさらなるからかいの種になっただけだった。

「ふうん……自分のことはドライなのに、アキちゃんには『ちゃんと好きになったやつ』って条件つきなのね。で、お嫁に出すときには、『お父さんはそんなやつにくれてやるために、この子を育てたわけじゃないっ』とか泣くわけね」

「だからその妙なたとえはやめろ！　誰がお父さんだ！」

たしかに蓮実の叔父はそれくらいのことは言いそうだが。渋面を浮かべて睨むけれども、佐伯はとりあわなかった。

「おまえもアキちゃんパパもどっこいだよ。ま、あぶなっかしいっちゃ思うけどさ、彼の自立のためには、おまえらが早く手を放してやれよ」

最後のほうは少しばかり真剣な声を出され、涼嗣は言葉を引っこめるしかない。複雑な顔をした友人を、しかたなさそうに苦笑して眺めた佐伯は「とにかくわかった」と話を戻した。

「とにかく、本気でそのつもりなら、それでいい。理名ちゃんとは似合いだと思うしな。俺のほうも、プロジェクトのことは、腹づもりしとくわ」

式が決まりそうになったら、早めに教えてくれと言われ、うなずきながら、涼嗣は奇妙な感覚に陥っていた。

理名の話をしていたはずなのに、脳裏を占めるのはあの、頼りないいとこのことばかりだ。

（よくは、ないいな）

理由もわからないまま、なにかを忘れたような焦燥感《しょうそう》だけが胃の奥をぞろりと蠢《うごめ》かす。

慣れない感情の揺れに、ブッシュミルズをひと息に呷《あお》った。

＊　＊　＊

佐伯と別れ自宅に戻ると、部屋はしんと静まりかえっていた。

「帰ってないのか」

秋祐はまた、研究室に泊まりこみでもしているのだろう。そういえばそろそろ、前期試験の時期だっただろうか。たった数年で、学生時代のことなど忘れてしまっていることに気づかされ、理由のない失笑を漏らす。

涼嗣は居候の許可を取ることなく、電気をつけ、窓を開ける。ベランダに立つとポケットにしまっておいた煙草を取りだし、火をつけた。

初夏のなまぬるい風が、前髪と紫煙を乱した。涼嗣は、四年前から部屋のなかでは煙草を吸わない。秋祐の持ちこむ虫たちが、煙にひどく弱いからだ。

ふと、たったこれだけの自由もないのに、あの面倒ないとこを引き受け続けているのはなぜなのだろうかと、いまさらながら思った。

（叔父に、頼まれたからだ。ほかになにがある？）

なぜか言い訳がましいことを考えながら、手元に目をやった。

煙草の先が赤く、蛍火のように光る。見つめながら不意に、さきほど佐伯に向かって告げたのが、誰の言葉であったのかを思いだした。

十年以上むかし、三人でよく遊んだ、袴田家の裏手の林の奥にある小さな沢で、揺れる月を見送りながら、ひとりごとのように、夏葉はつぶやいていた。

――秋祐には、好きなことをさせてあげたいの。

（そうだ。あれは、彼女の言葉だった）

糸口を摑んだ記憶が、一気によみがえる。

あれはまだ涼嗣が中学に入ったばかりのころだった。五つ年上の夏葉が高校三年生になった、その夏のことだ。

身体の弱かった、夏葉と秋祐の母、由季子叔母が狭心症の発作に倒れた。

叔母の身体は、すぐに大事にはいたらなかったけれど、本調子に戻るまでは三年ほどの療養が必要だと言われた当時、彼女は受験を控えていた。

聡明な夏葉の小さなころからの夢は、都内の大学に進み、翻訳の仕事をすることだった。

だが涼嗣は彼女が、病気がちの母を置いて地元を離れることができるような性格ではないことも理解していたため、いったいどうするつもりなのかと、ひそかに案じていたのだが。

——夏葉ちゃん、結局、残るみたいね。

夏葉が進学先を地元の短大に切り替えたと、母親が父に告げるのを、複雑な気持ちで聞いた。叔母が倒れてからというもの、弟と父親の世話に明け暮れていた彼女は、決してそれを悔やむふうな素振りをしなかった。ごく当たり前のことと気負わず、むしろ痛ましいほどに淡々として、病弱な母を労《いたわ》りながら日々を送っていた。

あの日、部活の練習を終えた涼嗣が帰宅途中の夏葉に逢ったのは偶然だった。制服のまま、バスを降りた彼女は大きく、涼嗣に手を振った。

「涼ちゃん、久しぶりね、元気だった？」

「ども。夏葉ちゃ……さんは、元気でしたか」

「やだ、丁寧語とかいらないよ。ふつうにしてよ」

そんな社交辞令のような一言二言をかわす。ほがらかで気のまわる夏葉は、思春期の男子らしく、ぼそぼそと短い返事をするだけの涼嗣に、気を悪くする様子もなかった。むしろ、ひさしぶりに会ったにしては妙になつっこく話しかけてくる。

「なんだか、急に大きくなった？　秋祐よりずいぶんお兄さんみたいね」

「いや……あんま、変わんないスよ」

奇妙なほどに彼女が浮かれた様子なのが気になって、会話を切り上げる糸口を摑めないままその場に突っ立っていた涼嗣に、唐突に彼女は言った。

「涼ちゃん、蛍を見にいこうか？」

「え？」

「そっちのうち、秋祐はしょっちゅう行ってるみたいだけど、わたしは最近ご無沙汰だから。ね、行こうよ」

夕涼みに行こうと誘われ、断る理由もなかった。

そのころにはとうに背を追い抜いたきれいないとこを、涼嗣は好ましく思っていた。十三歳の涼嗣にとって、五つも年上の女子と一緒に行動する気恥ずかしさはむろんあったけれど、本当の姉のように慕わしい女性が、ほんのわずかばかり疲れている様子を見てしまえば、自分の照れくささなどは些細《ささい》なことに思えた。

並んで歩く彼女の、細い伸びやかな腕は白かった。さらさらと風になびく細い長い髪が揺れるのを目の端に止めながら、他愛もない話をした。

中学校はどうなのか、部活は頑張っているか。秋祐が最近こんな失敗をした――など、いずれも笑える話ばかりではあったが、相づちをうつ涼嗣は気づいていた。

（叔母さんの話、しないんだな）

不自然なくらいの翳りのなさ、それが妙な不安を呼ぶ。けれど指摘することもできず、ただうなずきながら夏葉と並んで歩くしかなかった。

沢についたころには、もう辺りは薄紫の闇が降りはじめていた。憑《つ》かれたように喋《しゃべ》り続けていた彼女は、木立を抜けるころにはふつりと、言葉を発しなくなっていた。

小さな水の音に耳を傾けながら、襞《ひだ》スカートを抱えこむように、川べりにしゃがみこむ。

「夏葉ちゃん、そこ、滑るよ」

「うん……」

涼嗣の言葉に生返事をしたまま、夏葉は動かなかった。細すぎる肩が、水面《みなも》に跳ねた光に透けた。夏服の、薄い布地に包まれた肌が抜けるように白く、眩しかった。

「声変わりしたんだねえ、涼ちゃん」

意味のないことのように、ぼんやりとした声がそう言葉を紡《つむ》いだ。

「おとなの男のひとみたい」

かすれた声でつぶやく夏葉に、涼嗣は眉を寄せる。胸苦しさに、夏葉には聞こえないようにそっと息をつき、困惑のままに言葉を返す。

「おとなじゃ、ないよ」

ふふふ、と夏葉は笑った。明るすぎるほどよく喋ったかと思えば、ふつりと黙りこむ夏葉は、あまりよくない状態だと思った。神経も身体も細く張り詰めて、うなじにかかる髪の隙間からのぞく細い頚《くび》が、痛々しかった。

疲れる、という言葉を実感として持つにはまだ早いような涼嗣だったが、夏葉の声から、彼女の抱えた痛さだけは感じ取れた。

幼いころには広く感じたこの場所が、信じられないほどちっぽけで、そのさみしさと、夏葉の小さな背中は、涼嗣の目に同じ色に映る。

「蛍、いないね……」

涼嗣はそんなことしか言えなかった。巧い言葉のない自分を悔やみながら、なぜ、夏葉は自分を連れてきたのだろうかと訝《いぶか》しんだ。

涼嗣の言葉に、そうだねと夏葉は笑った。

「蛍にはまだ、早いのかな、それとももう、このあたりにはいなくなってしまったのかな」

ことさらにゆるやかな口調の夏葉は、そのあとふと口をつぐんで、じっと川岸の向こうを見つめる。

そのときなにかが、夏葉の中で固まってゆくのが見えた。ほの白い肌からふわりと立ち籠めたものに、華奢な身体に宿る圧倒的なまでの力に、気圧《けお》されながら、涼嗣は言葉を失う。

残照を受けて光る水面を見たまま、夏葉がつぶやく。

「秋祐には、好きなことをさせてあげたいの」

いつのまにか昇った月が白いセーラー服を照らした。川面に揺れる光を受けて、細い肩がちらちらと揺れる。まるで夏葉が震えているように見えて、一瞬、泣いているのかと思った。

「あの子には、才能があると思う。涼ちゃんもそうね。ひとにはないものがある人間は、それを生かすべきだと、わたしはそう思う」

秋祐に託そうとする彼女の想いが胸を詰まらせて、涼嗣は黙りこくっていた。

(そういうことか)

家の犠牲になるのは自分だけでいい。言葉にはしない夏葉の、悲愴な決意がほの見える。細い身体で、彼女は弟を護ろうとしている。その強さに感嘆すると同時に、自分が少し情けないと思った。

たぶん、自分がもっとおとなの男だったなら、こんなときどうすればいいのかわかるだろうに。慰める言葉も立場も、抱きしめてやれるほどの強い腕さえ、いまは持たないのが歯痒《はがゆ》く、涼嗣はそっと拳を握る。

ぱしゃりと跳ねた魚が、水のうえにある月を壊した。

その音にはっとしたように、夏葉が身動《みじろ》いだ。

漂う心がふと帰ってきたような様子を見せ、波紋に揺れて壊れたそれは、夏葉の小さな夢だったような気がする。

不幸な、というにはあまりにもうつくしい夏だ。

絶望するほどのことなど、人生においてそうはない。彼女とてそんなふうには考えてなどいないだろう。

巡りあわせが悪かったのだ。ほんの少しばかり、自由というものを諦めなければならないだけだ。それをつらいと感じる心は、他者と自分の状況を引き比べるような、無駄なあがきの発露でしかない。――夏葉の細い背中は、そう語っていた。

「遅くなっちゃったね、帰ろうか」

立ちあがった夏葉は、細い脚で、けれどしっかりそこに立っていた。薄い肩が震えているように見えるのは、光の錯覚でしかないとわかっていたが、涼嗣はとっさに手を伸ばす。

「夏葉ちゃん、あぶないから」

きれいに磨かれたローファーの裏に滑り止めはない。苔《こけ》でも生えていたら転びかねないと手を貸せば、微笑んで手を取った夏葉は一瞬だけ涼嗣の胸に額をつけ、しっかりと告げた。

「大丈夫よ、涼ちゃん」

硬い声は、およその身体の細さからは、思い及びもしない強さだった。

そして選ぶのは、最終的には自身だと、夏葉は知っているようだった。

強くなった夜風に木陰が騒《ざわ》めき、その光沢のある細かな葉のうえに、揺れて砕けた光が散った。ちらちらと淡い輝きは、蛍の群れのようにも見えた。

苦いような甘いような、不思議な感傷が胸を締めつける。

「わたしは、大丈夫よ。涼ちゃん」

夏葉が繰り返し、そうして涼嗣の手を放した。ひとり歩き出す背中を見て、涼嗣は気づく。

彼女にとってのうつくしい夏はそのなかばで、終わりを告げたのだ。

汗ばんだシャツが重かった。目蓋《まぶた》が滲《にじ》んで、乾いた空気にさらされた肌がひりついた。その息苦しいような、めまいを宥《なだ》めるような夜風が、夏葉と自分を包んでいた。

「ほら、帰ろう」

そう言ってくるりと振り向いた、その微笑みに、涼嗣は目を伏せる。

夏葉のその笑顔は、はかないようなせつなさを連れて、涼嗣のなかにひそかに根ざした。

残照だけが目蓋の裏に残る、あやふやなときめきを初恋という言葉にあてるならば、涼嗣はそのときのことを思うだろう。

あの夏に、一瞬の夏葉の笑顔に、たしかに恋をした。

あえかな熱と醒めた炎の、刹那《せつな》の輝きを残すだけの、小さく灯る蛍火は、涼嗣の中で去りがたく、うつくしい面影となっていまも残る。

ジジ、と煙草の焦げる音がして気づくと、灰が落ちそうになっていた。涼嗣は少しあわてて、エアコンの屋外機のうえに常備してある灰皿を取り、ほとんど灰になったそれをもみ消した。

ずいぶんとなつかしいことを思いだした。気恥ずかしい、初恋の思い出に浸ったのち、ふとそういえば、理名のあの芯の強さは夏葉に似ているな、と思う。

(秋祐の言ったとおりだな)

引きずっているというわけではなく、まっすぐに伸ばした背中の凛々《りり》しさが、涼嗣にとって好ましいもののひとつなのだ。

年かさのいとこは、叔母が亡くなるまでしっかりと家のなかのことをつとめた。その後、数年遅れで大学に入り直したが、翻訳の仕事をするより早く人生の伴侶《はんりょ》となるべき相手を見つけ、もうそろそろ結婚の話も浮かんでいるらしい。

（それにくらべて）

姉弟とはいえ、秋祐のあのあぶなっかしさはなんだろうかと、微苦笑がこぼれた。

ベランダにはいくつかのプランターが置いてある。植えてある草の種類は涼嗣にはわからないが、いずれも秋祐が、虫の飼育や生態観察に使うものばかりだ。

（自分の餌《えさ》は、まかなえないくせに）

生きることさえへたくそなのに、秋祐はこうしたものを育てたり面倒を見ることだけは、とてもうまい。繊細で慎重に、自分が育てるいのちを大事にする。

虫草に向けるその丁寧さを、ほんの少しおのが生活にも分け与えさえすれば、誰もなにも心配しないですむのだろうけれど――。

（いや、違うか）

本当の意味で秋祐がなにもできない子どもであれば、いま、大学の助手など勤めあげられるわけがない。

涼嗣のなかには、秋祐の子ども時代が残像のように残っていて、どうしてもその印象が拭《ぬぐ》えない。けれど、すぎた年月にさらされて、変わらないものなどないのだ。

二週間後の誕生日に、涼嗣は二十九歳になる。三十の大台にリーチがかかる年齢で、もういいかげん、いろんなことが変わっていく歳になったのだと思う。

「結婚か」

それがいちばんの大イベントになるのだろうと思いはしても、どこかしらやはり、実感はないままだった。

＊　＊　＊

六月が終わりに近づいていても、雨は降り続いていた。

異常気象が通例になりつつある昨今、めずらしくも季節の風物詩が来たと思えば雨量過多だ。このままでは育成している虫たちにも影響が出かねず、秋祐はひそかに頭が痛い。

だが低気圧より研究対象の生物たちの不調より、秋祐の細い肩にずしりとのしかかるのは、いよいよ本格的になりだした涼嗣と理名の結婚話のほうだった。

【今日は帰りが少し遅くなる。夕食は作ってやれないが、時間の都合がつくなら、一緒にどこかで食事するか？】

大学でレポートの下読み準備をしている間に届いた涼嗣からのメールは、そんな内容だった。しばしためらったのは、『一緒に』という言葉のうしろに誰かの影が見えたからだ。

【べつにかまわないけど、俺行ってもいいのかな。邪魔じゃない？】

返信すると、すぐに着信がある。

【佐伯も理名も一緒だけど、秋祐がいいなら】

文面を読んで、来たな、と身がまえた。遅かれ早かれ顔合わせをする羽目にはなると思っていた。小さく息をついて、秋祐は再度メールを打つ。

【わかった。何時にどこ？】

レスポンスには秋祐の大学にほど近い街の、幾度か行ったことのあるフレンチレストランの名前があった。もしかしたらタイミングを見計らってでもいたのだろうかと苦笑が漏れる。

了承の旨を返信したあと、マナーモードにした携帯を鞄に放りこむ。

心を乱している場合ではない。六時までにはレポートの下読みを終わらせ、『可』と『再提出』のおおまかな仕分けをしたのち、教授に渡さなくてはならないのだ。

「……ふんぎり、つけろってことなのかな」

ぽつりとつぶやき、学生たちがメール提出したレポートで秋祐が『可』の認定を出したものを片端からプリントアウトする。データ提出も許可してはいるが、昆虫学研究室の教授はそろそろ老眼で、モニターで直接見るのはつらくなってきているため、少し大きめの文字で打ち出さないとならないのだ。

「間にあうかな」

少し古いレーザープリンターが紙を排出する音を聞きながら、ひとりつぶやく。

だがいっそのこと、作業が手間取って約束に間にあわなければいいと、心の片隅で思った。

秋祐の複雑な気分とは裏腹、涼嗣の指定した時間に十分ほど遅れたが、幸か不幸か『可』のレポートが少なかったため、待ちあわせは無事履行されることとなった。

「アキ、こっち」

声をかけられ、すでにテーブルについていた三人のもとに足早に近づく。涼嗣の隣の席は空いていたが、向かいにいる女性の姿に緊張が走った。だが強《こわ》ばりそうな顔を苦笑でごまかすことができたのは、もうひとりの同席者のおかげだ。

「うーっす。アキちゃん、ひさしぶり」

「佐伯、ちゃんづけやめろっつってんだろ」

広い肩をひとつ小突いて、ひとをからかうのが好きな男をたしなめる。佐伯とは地元のころから何度か顔をあわせてもおり、涼嗣を抜きにしても親しい友人のひとりだ。

「こんばんは、はじめまして。えと……理名さんですよね」

「はい、はじめまして」

にこりと微笑んだ理名の、まったくスキのないメイクと完璧な形に笑んだ唇に驚嘆する。

「……噂には聞いてたけど、ものすごい美人」

「やだな、どんな噂ですか」

あははっと声をあげて笑えば、気さくな印象もある。黙っていれば理知的な美女で、整いすぎの感もある美貌は冷たい印象すらあるけれど、この笑顔が近寄りがたさを覆す。

「いや、佐伯とかから、才色兼備な方だってうかがってましたから」

実際、そのとおりだったと秋祐は笑う。かすかに力なく落ちた肩に気づくものは誰もいない。

「まあ、挨拶はこの辺で。アキちゃん、飲み物どうする」

場のしきりは、如才《じょさい》ない佐伯だった。彼がいてくれて助かったと思いつつ、秋祐は少し行儀悪くテーブルに乗りだして、差し出されたワインリストを覗きこむ。

「んー、佐伯なににしたの」

「俺？　まあ食事メインだからこのへんの軽いの」

じゃあ同じの頼んで——と言いかけたときに、涼嗣が口を開いた。

「それはけっこう強いから、アキはやめとけ。発泡水か、ノンアルコールのドリンクにしろ」

「え？　なんで」

「おまえ、ここのところ寝不足だろう。そういうときにワイン飲むと悪酔いするだろ」

指摘に口を尖らせるのは、図星だからだ。とくにアルコールに弱いわけではないし、むしろウォッカをストレートでいける口だが、睡眠が足りないときにワインを飲むとひどくまわってしまい、宿酔《ふつかよ》いになる。

「ちょっとなら平気だよ」

「だめだ」

反論を試みたが、毎度悪酔いした秋祐の面倒を見る男はにべもなかった。頑として拒否、と目顔で語られ、渋々秋祐はワインリストを閉じる。

「……じゃあペリエにする」

むくれてつぶやくと、向かいの席では理名が小さく笑っていた。

「あの、なんでしょう?」

「いいえ、秋祐さんも噂どおりの方だなあと思って」

「え？　それこそどういう噂ですか」

どうせろくな話じゃないんだろうと佐伯と涼嗣を睨めば、理名はまたくすくすと笑う。

「ごめんなさい、怒らないでくださいね。すごく若くてカワイくて、同い年に見えない美少年タイプって。ほんとにすごく、カワイイなと思って」

さきほどの、リストを覗きこむ様子がとくにと言われ、秋祐は赤くなった。

「やっぱりろくじゃないじゃん……」

「なんでよ、ほんとだろ。アキちゃん末っ子だからな。ナチュラルに誰かに甘えるんだよな」

「うるさいよ佐伯」

うんざりしてみせつつ、同席した四人のなかで群を抜いて若く見えるのは自覚もしている。会社勤めをしている三人とは違い、ふだんが学生たちにまみれている秋祐は、所作や言語がどこか砕けたままで、よくないとは思いつつも正す機会をなくしていたのだ。

理名の言葉は意地悪なわけではなく、本心から微笑ましいと感じているのはわかった。けれども妙に居心地悪くて赤らめた顔をうつむかせると、涼嗣がそっとたしなめる。

「佐伯、あんまりつつくな」

「うっせえ、過保護。親バカならぬ、いとこバカ」

「……なんだそれは」

「アキちゃんが本当は長男なのにこうまで末っ子気質なのは、半分おまえのせいだろが。夏葉お姉様の下におまえがいて、さらにアキちゃんがいるんだよ」

矛先が自分にまわったせいで、涼嗣はますます顔をしかめた。理名はくっくっと喉を鳴らして笑い、秋祐はなんともつかない顔になる。

「もう、その話やめてくれよ。結局、俺がネタにされんじゃん！」

こうしてムキになるところがよけい子どもっぽく思われるのだと知りながら、あえて秋祐は声を大きくした。そうでもなければ、理名に対して理不尽な態度を取ってしまいかねなかった。

向かいあって座る彼らは、つきあいの長い男女特有の、一種独特の空気がある。デートに他人がまじっても気にした様子すらないのは、理名の余裕のあらわれだろうと思った。

秋祐がひとしきりからかわれているうちに、前菜が運ばれてくる。とりあえずの乾杯をしたあと、鮮魚のカルパッチョに添えられたサラダを見て秋祐は顔をしかめた。

「……ん、これホワイトアスパラか」

隣の涼嗣もひとくち含んでつぶやく。そして彼は、ごくあたりまえのように秋祐の皿からそれをさらってしまった。驚いたのはむしろ秋祐と、そして理名だ。

「ちょっと、涼嗣！　家じゃないいんだから」

「あ……そうか」

レストランでまで、食べられないものを片づけてくれなくていい。少し赤くなりつつ理名を見ると、困ったような顔で微笑んでいた。

「これはたしかに、噂どおりだわね。佐伯くん」

「でっしょ。もうほんとに、どこのお父さんと子どもって感じでさ」

涼嗣もさすがにばつが悪そうで、すまんと小さく謝ってくる。いちばん恥ずかしいのは秋祐だったが、この場であまりこだわるのも却《かえ》って見苦しいと、無言で肩をすくめるしかなかった。

(理名さん、変に思わないのかな)

カルパッチョを咀嚼《そしゃく》し、ペリエを口に運ぶふりでこっそりとため息を逃がす。

理名と一緒に会いたくなかった理由は、もうひとつあった。過去、幾度か涼嗣の彼女に紹介されたことがあったが、ごく自然に秋祐の世話を焼くいとこの姿になにか微妙なものを感じとったのか、そのなかのひとりがさりげなく嫌味を言ったことがあったのだ。

――いい歳して、そこまでべったりなのって、少し気持ち悪いかも。

笑いながらの言葉で、冗談めかしてはいた。それでも秋祐はひやりとして青くなったが、意外なことに不愉快そうにしたのは涼嗣のほうだった。

――秋祐は家族なんだ。昔からのことだし、そういう関係をいちいち気持ち悪いとか言われたくないんだけど。

基本は穏やかに振る舞う男が、あからさまに剣呑《けんのん》な目をしたことに、彼女は青くなっていた。その場を目《ま》の当たりにして、秋祐は悟ったのだ。女性たちとの関係でも、涼嗣は常に上位に立っている。

秋祐ごと受け入れられないなら、べつにいらない。そんな態度を隠すでもない涼嗣のおかげで、ひどく気まずい状態になった。あげく、ほどなくしてその彼女とはあっさり別れていた。

理名は、どうだろう。むろん、秋祐に対する過保護さをこの場でからかったりするほどあさはかではないだろうけれど、違和感を覚えはしないか。気分はよくないのではないか。

そんなふうに案じた秋祐を笑い飛ばすように、理名はやさしげに微笑んでいた。

「ほんとに仲がいいのね。いいな、わたしも兄弟が欲しかったな」

「……理名さんは、ひとりっこですか？」

「うん。だからお兄ちゃんとかお姉ちゃんとか、妹とか弟とか、そういうの憧れたの。わたしもいとこがいるんだけど、そこが兄妹でね。けんかはするけど、最終的には仲良しで、羨《うらや》ましかった」

含みはなにもなく、子どものころの憧れだったと語る理名は、こうもつけくわえた。

「そこの兄がね、やっぱり小さいころ妹をかわいがってたからかな。子どもができてから、すごくいいパパぶりなのね。そういう意味でも、兄弟がいるのって情操教育にいいのかなと」

ごくりと秋祐は咀嚼していたものを飲みこんだ。理名のやわらかな目は、秋祐をかまいつける涼嗣がいずれ、いい父親になることを期待していると知れた。

（そうか。そうだよな。あたりまえのことだ）

少し照れくさそうに微笑む彼女にはその未来がもう、見えているのだ。わかっていたことなのに、なにをいまさらと秋祐は内心自嘲する。

だがその痛みはむろん、嚙みつぶして押し殺し、秋祐は笑ってみせた。

「待って、つうか、それやっぱり俺が『子』扱いなの？　理名さん」

「それもだけど、兄弟いればいいパパになるってのはどうなのかね。アキちゃん末っ子で、ぜんぜん、面倒見られてばっかだぜ？」

「だからうっせえよ佐伯！」

茶々を入れる佐伯の足をテーブルの下で蹴ってやりながら、秋祐はどうしようもない敗北感を覚えていた。

つんけんしたやりとりをする佐伯と秋祐の姿を、涼嗣と理名は似たような笑みを浮かべて見守っている。

(やっぱりな。似合いすぎだよ。嫌味なくらい)

この三年、理名に会おうと思えば会えた。幾度も言い訳をつけて逃げてきたのは、理名こそが涼嗣の隣に座る人間なのだと、思い知らされるのがいやだったからでしかない。

それこそ秋祐ごと、理名は抱えこんでいてもかまわないと告げるのだろう。だから涼嗣は彼女を選んだのだろう。

(でも、よかった)

かつては——どうにも叶《かな》わない思いなら、夏葉ならば許せるとそう思ったこともあるけれど、結局姉と涼嗣の関係は、仲のいいいとこの域を超えることはなかった。そしてその後、秋祐のなかで夏葉以上の女性だと思えるひとは、誰もいなかった。

理名なら、認められる。賢くうつくしく、心根も曲がっていない。たぶん、多忙な涼嗣を支えるのは、彼女にならできる。

そしてこれでようやく、幕を引けるのだろう。どうしようもない痛みがあって、けれど同時に、安堵《あんど》していた。

長い片思いを、やっと葬ることができるのだ。それが理名ほど鮮やかな相手の手によるものなら、それも悪くはないのだと、自虐と知ったうえで秋祐は感じていた。

＊　＊　＊

日々は、またたく間にすぎていく。オオスカシバがふたりの住まう部屋で飛びまわった日からすでに二週間が経過し、涼嗣の誕生日は明日へと迫っていた。

「秋祐。顔色、悪くないか」

「だいじょ……」

大丈夫、と言いかけて、秋祐は大あくびをする。寝不足に疲労の浮いた顔をこすっていると、心配そうな顔のいとこが覗きこんできた。

「夕飯、できたけど食えるか。寝ておく？」

「いや、食べるよ。ありがとう」

おのおのあわただしかった涼嗣と秋祐が顔をあわせるのは、数日ぶりのことだ。少し見ない間に、また痩せてはいないかと告げる涼嗣に、いつものことだと秋祐は笑ってみせた。

「一緒に飯食うのも、ひさしぶりの気がするな」

「うん。試験、やっと終わったし」

ほっと息をついて、秋祐は疲れた肩を上下させる。

研究のほかに、学生のレポートのチェックなどの雑用はふだんからあるが、ことに試験期間はあわただしくなる。

だが、このところ涼嗣と生活時間がずれているのは、忙しいからだけではない。

理名をまじえて食事をしたあの日から、少しずつ秋祐は心を慣らそうとしていた。いずれ涼嗣はこの場所から去る。いや――マンションを出ていくのは秋祐のほうだろうが、『秋祐の隣』から彼はいなくなるのだ。

もうずいぶんと前から、覚悟をしていたはずだった。けれどもやはり、理名の姿を目の当たりにしたせいだろう、実感を伴う痛みがあまりにつらくて、不自然に思われない程度に避けるようになってしまっていた。

「試験の間、ちゃんと寝てたか」

「寝てたよ、涼嗣がいない時間にだけど」

「本当か？　俺がいなくてもちゃんと、メシ食えよ」

「わかってるって。平気だよ」

部屋に設置した水槽が気になるため、昼間には必ず戻ってくるようにしていた。ビオトープのなかで慎重に世話した生物は順調に育ち、小さな羽音を立て、あとは出番を待つばかりだ。

秋祐はこれのせいもあって、ふだんよりも神経が疲弊していた。だがそれもこれも、明日に控えたイベントのためだと思えば、充実感がある。

報われず消える恋はもう、どうしようもないとあきらめた。ならばせめて自分が涼嗣に──彼への思いに手向《たむ》けるための最後のイベントだけは、どうにかきれいに演出したかった。

(たぶん、夜はデートだろうけど)

深夜遅くでかまわないから、『あれ』を涼嗣に見せたかった。

涼嗣は誰と出かけようと、仕事の出張以外で外泊することだけはなかった。他人とべったりとすごすことに興味がないらしいのと、放っておけば秋祐がまた、部屋を虫屋敷にするのではないか、という危惧《きぐ》があるらしい。

(まあ、最悪、明後日《あさって》でもいいか。一日遅れくらいなら、かまわないし)

思ったよりも早く成虫になってしまったのは計算外だが、あと三日は保《も》つだろう。

豆腐のみそ汁には、夏ミョウガが薬味で入っている。さっぱりとしたあとくちに仕上がったそれを、秋祐がすすったとたん、涼嗣はなんでもないことのように言った。

「そういえば、理名が。この間、ほら。会っただろ」

「……うん？　なに？」

彼の口から理名の名を聞くと、ずきりと胸が痛む。さすがにまだ完全に平静とは言えないかと自嘲しつつ、なんでもない顔を装った。

「おまえのことかわいいって、しきりに言ってた。あれなら面倒見よくなっても、しかたないだろうって。今度、よかったら自分の手料理も食べてほしいって伝えてくれ、だそうだ」

さらりと告げられた言葉に秋祐が息を呑んだことを、涼嗣はまったく気づかなかったようだ。そのまま気づかないでくれと祈りつつ、どうにか苦笑してみせる。

「ん……まあ、そのうちな」

好意から発せられただろう言葉なのは知れた。傷つくのは秋祐の勝手でしかないし、不快になるのはお門違《かどちが》いだと理解もしている。

けれど感情が理屈だけで割り切れるなら、こんな痛い思いはしないのだろう。

（落ち着け。平静でいろ。あと少しなんだから）

タイムリミットの瞬間まで、どうにかやりすごさなければならないのだ。いちいち傷ついている場合ではないと自分に言い聞かせていれば、涼嗣はなおも秋祐を追いつめるような言葉を発した。

「ああ、そうだ。俺、明後日からは、実家に行くから」

「え……？」

「ようやく、親に連絡ついたからな。明日、理名と会って、そのまま顔出してくる。あっちの都合で、会えるのが夜になるし、そのあとも、理名の家のほうに顔出したり、いろいろあるから、場合によっては泊まってくると思う」

あっさりした涼嗣の言葉に、秋祐は、ひどくいやな予感を覚えた。まさかと思いつつ、一縷《いちる》の望みをかけて、問いかける。

「か、帰ってくるのって……いつ？　週明けは、仕事あるんだろ」

「ああ。でもじつは、そのまま出張が入りそうなんだ。一泊だけど。だから戻りは火曜日以降かな」

火曜日。つまり誕生日はすぎ去ってしまう。それだけではない、そのころにはたぶんビオトープのなかで育てたあれらは、もう――。

ごくり、とみそ汁を飲む音が、ひどく大きく響いた。さっと血の気が引き、顔色を変えた秋祐に、むろん涼嗣は気づいた。

「どうした？」

問われて、まずまっさきに思ったのは、この数年の同居生活で、サイクルも違うふたりなのに、涼嗣が秋祐の変化に対して気づかないことなどなかったということだ。そしていつの間にか、秋祐がそれをあたりまえに思っていたこと。

ひどく細やかに気遣うくせに、秋祐の顔色を読むのだけは長《た》けているくせに、本当の望みにだけはまったく気づいてくれない男。彼を想うことなど、とっくにあきらめていたはずなのに。

（なんだ、これ）

想像していた以上の動揺に、めまいがする。この程度のことで衝撃を受けていてどうするのだと、秋祐は冷静になるべくつとめたが、だめだった。

「あの、それ。……予定、変えられないよな」

　こんなことを言うのは筋違いだとわかっている。いまさら涼嗣の一存で変更できるような話ではない。だが、どうしても、あれだけは。

　最後と決めたからこそ、涼嗣に見てほしかったのだ。

「なんだ、なにかあるのか？」

「えと、……いや」

　言いよどむ秋祐の頭のなかで、火曜日、という言葉がまわっていた。そこまでは待てない。あの寿命の短い虫は、きっと間に合わない。落胆と、結局はなにも心の準備ができていなかったことに自分でも唖然となって、秋祐は声をつまらせた。

（だから、俺はだめなんだよ）

　涼嗣が実家に行くことも、誕生日には理名と会うだろうことも、頭のなかにはあった。けれどまさか、それらふたつが重なってやってくることと、数日の不在だけは計算になかった。

　いま脳裡に浮かぶのは、そうした読みの甘い自分への叱責だけで、この場をうまく切り抜ける言葉が、なにも見つからない。

　涼嗣は、しばらくじっと待ったあとに、箸《はし》を進めながらさらりと言った。

「秋祐。なにか用事とか、都合があるなら、言えよ」

「えっ？」

「もし、なにかそれで不都合があるなら、変更はできるから」

気遣うような声に、ひやりとした感覚が胸に落ちた。なにかやましいものでも抱えているかのような、ひどく複雑なそれに、秋祐の惑乱は深まる。

「え？　それは、俺のほうの都合を、変更しろってこと——」

「なに言ってるんだ？　秋祐がなにを言い出すのかもわからないんだぞ」

そうだよな、とほっとしかけたのはつかの間、さきの動揺など比ではないことを、涼嗣は言ってのけた。

「こっちの予定は、変更できるから。遠慮しなくてもいい」

「は……？」

あまりに平然という涼嗣が、秋祐はわからなかった。しばし呆けたあと、はっと我に返った秋祐は、口早に言葉を発した。

「ま、待って涼嗣。変更なんかできないだろう」

「なぜ？　不都合が起きたら、しかたない」

結婚の報告をするために互いの実家に連絡を入れ、都合をつけさせておいて、その予定を『変更できる』と言いきれる、涼嗣の神経がわからない。

「いや、だから、俺の都合なんかは、どうでもいいんだよ。たいしたことじゃなくて」

胸騒ぎがひどくて、めまいがしそうだ。目の前にいる男は、いささか勝ち組の傲慢を持っているものの、かなり良識的なほうだと思っていたのに、なにかがおかしい。

「たいしたことないわけ、ないだろ」

「な、なんで……」

無意識に胸元あたりのシャツを握った秋祐を前に、涼嗣はなおも言う。

「秋祐があんな顔色をして、言いよどむことだ。俺にとっては、たいしたこと、だろう？」

空気には、質量があるのだと、その瞬間の秋祐は思った。

ひゅ、と喉に吸いこんだそれが、ひとつの塊《かたまり》になって気道をふさぐ。あえぐように喉を嚥下《えんげ》させたあと、細い指でそこをぐっと押さえた。

(この、ばか)

かっと頭に血がのぼり、見開いた目の眼圧があがったような気すらした。

保護者気取りも、もういいかげんにしてほしい。いったいどこまで涼嗣は、無茶な甘やかしを続ける気なのだろうか。

(いなくなるくせに、理名さんを選んだくせに。まだそうして俺を甘やかして、縛るのか)

あきらめることとさえ、させてはくれないというのか。一瞬、我を忘れて怒鳴りつけそうになり、秋祐はゆっくりと呼吸することで感情をおさめた。

なにかが徹底的に間違っているこのいとこに、どう言えばわからせることができるだろう。

「……なあ。いつの予定なんだよ、結婚」

「急になんだ。それよりさっきの……」

「いいから、いつなんだよ。それ次第で、さっきの話、するから」

強く遮り、いいから話せと重ねて言えば、涼嗣は怪訝そうにしながら答えた。

「はっきりしないが、お互いの仕事にけりがついたら、じゃないのか」

明白な物言いをするのが常の彼にとっては、あいまいなそれはひどくめずらしい。

なにか、心を決めかねているのか、それとも——と考えて、秋祐はふと怖くなった。

「理名さんのこと、本気で好きなんだよな?」

ぽつりとつぶやくと、涼嗣はなぜか、言われた意味を摑み損ねたような顔をした。目から鼻に抜ける、という言葉そのままの、聡い男が見せるめずらしい表情に、秋祐こそが戸惑った。

「……まあ、一応、結婚するんだから、そういうことなんじゃないのか」

「なんだよ。ずいぶん、あいまいだな」

仮定形を口にして、しかも言いよどむなんてめずらしい。無理を重ねた笑みでの揶揄《やゆ》は、あくまでそれを涼嗣の照れと受けとったからにすぎなかったのに、彼は本当に困ったように眉をひそめた。

そして秋祐は、すうっと血の気が引くのを感じていた。

(……まさかだろ)

傍《はた》からは完璧と言われるこの男だが、裏を返せばあらゆることに執着が薄い。いままでもその性格のせいで、欲されないことを悟った彼女たちは皆、去っていった。

(理名さんだけは、違うと、思ったのに)

それこそが『違った』のだろうか。理名は涼嗣を、いままでの彼女たちのように簡単にあきらめなかった、それだけの差異だということなのか。

ようやく、秋祐が『彼女ならば』と思えた相手なのに。今度こそ、抱え続けた恋を殺すための完璧な状況だと思えたのに、涼嗣の思いが定まっていないのなら、どうすればいいのか。

理名に奪われたのではなかったのなら、涼嗣の心はどこにある。ぐらぐらと未練に揺れた秋祐の前で、涼嗣は困ったように苦笑した。

「秋祐は、佐伯と同じようなことを言うな」

つぶやくような涼嗣の声が、妙に気に障《さわ》る。秋祐は形ばかりの笑いを作ったまま、さらに追及した。

「あいつが、なに?」

「いや。前に俺の言葉にひどく、引っかかったみたいで」

「なんだよ。なに言ったんだ、涼嗣は。それ聞いて、佐伯はなんて?」

秋祐がしつこく食いさがると、涼嗣はまるで、なにか用意された台詞でも読みあげるように、抑揚のない声で言った。

「三年経った。互いを知るに充分だったし、問題はなにもない。条件的にもベストだろう」

「条件……って、なんだそれ」

まるで契約じゃないか。かすれきった声でつぶやくと、涼嗣はそのとおりだと言う。

「結婚なんかある種の契約だろう。感情論だけじゃ、やっていけないことは多い。理性的に考えて、たぶん結婚するには、お互いがベストだってことだ」

佐伯には、ドライすぎると言われたがと、涼嗣は苦笑した。秋祐は、なぜそこで笑えるのかわからないと、唇を震わせる。

「それじゃ、まるで、条件さえあえば、誰でもいいみたいじゃないか」

青ざめた秋祐が、そう口にすると、涼嗣はきょとんと――大変彼に不似合いなことに――目をまるくした。

「誰でもいい？　どういうことだよ」

「そんな、誰でもいいなら。条件さえあってりゃ、おまえの結婚相手は俺でもいいのかよ」

なにか、どうしようもなく無神経なことを言われている気がして、腹が立った。涼嗣にぶつけるべきではない、理不尽な感情だと知ってはいても、頭のなかで悲鳴が止まらない。

（ひとの気も知らないで……！）

知られないよう、わからないようにと振る舞ってきたのは自分なのだ。そして、気づいた最初からずっとあきらめてきた。理名のように食いさがりもせず、ただ甘やかされる関係に、ずるく浸っていただけだ。

それをすべてわかっていても、いまのこの真っ黒な気持ちはおさめられない。

「いや、誰でもいいってわけじゃないし……俺の説明がへたなのか？」

困った、と涼嗣はつぶやく。まるで問いつめるかのような秋祐の形相に、涼嗣もまた少し混乱していたのだろう。ふだんではけっして言わないだろうことを、彼は口にした。

「それに、おまえ、男だろう。俺と結婚って仮定条件がそもそも、おかしいじゃないか」

「……っ」

ぱりん、となにかが壊れた音がした。

いま発した言葉が、秋祐の息の根を止めたとも知らないで、涼嗣は言葉を探していた。

「もしかしたら、俺の考えは佐伯とかおまえが言うように、ドライすぎるのかもしれない。けど、理名だってそれは同じ考えだと思う」

そのあと、はっとしたようにあわてて「いや、とくに含みはないぞ」とつけくわえてくる涼嗣を、いっそ殴り飛ばしたいとさえ思って、秋祐は硬く拳を握った。

「……もう、いいよ……」

そんなに必死になって、言ってくれなくてもいい。おまえとは違うんだと、思い知らせなくていい。壊れそうな胸を押さえたまま、あえぐようにつぶやいた秋祐の声は、彼には聞こえなかったようだ。

少し疲れたような顔で、涼嗣はどこか言い訳をするようにつけくわえた。

「とにかく、俺はあいつにとって、条件のいい男なんだ」

「条件って、いったいなにがだよ。ルックス？　仕事？　金？」

秋祐は、ふつふつと胸の奥で滾《たぎ》る感情を、どうしたらいいのかわからなくなっていた。睨むような目で見つめたさき、涼嗣は、秋祐の息の根を止める言葉を吐いた。

「あいつは子どもを欲しがってる。三人は欲しいし、それを育てるには、ひとり三千万から必要だ、と」

「な……」

子ども。秋祐が絶対に得ることのできない、生殖行為のさきにある生命。まるであたりまえのように語られる未来図が、粉々になった心をさらに押しつぶしていく。

「そうするためには、きちんと生活の保障がある男がいいと言った。堅実な考えだし、俺は、そういうのは悪くないと思う」

淡々と言う涼嗣は、その言葉がいったいどれだけ秋祐の胸を抉《えぐ》ったのか、想像もしないのだろう。それが、当然だ。わかっていて、それでも哀しかった。

ざわっと首筋が粟立《あわだ》った。瞬時にキレそうになっている自分に気づき、いけない、と秋祐は深呼吸する。

（いいんだ、落ち着け。涼嗣はなにも悪くない）

ヘテロセクシャルはこれだから、などと言っても詮無《せんな》いことだ。彼らにとって、秋祐のほうが異質なのだ。マイノリティであることを自覚したときから、マジョリティらに無自覚のまま見せつけられる絶望は、もう慣れたことだったはずだ。

（わかってる、悪気はないんだ。大丈夫、だいじょうぶ）

いつものとおり、さらりと受け流してしまえばいい。指を組みあわせ、必死に感情をこらえて、秋祐はどうにか歪む顔をこらえた。

けれどすべて平静に装うにはあまりに痛く、白い顔からはいっさいの表情が消えてしまった。

「ああ、……そう」

ひびわれたような声に、涼嗣ははっと目を瞠《みは》る。彼はようやく秋祐の様子に気づいたようだったけれども、もうとりつくろうこともできそうになかった。

「まあ、うん。ヘテロのひとは、そういう考えも、ありかもな。昔だったらそれこそ、おまえんちの感覚じゃ、家柄考えての見合い婚だっただろうし」

「秋祐？」

は、と息をついて、秋祐は顔を覆った。十年も前の言葉に縋《すが》っていた自分が、滑稽でみじめだった。

――違うくせに、涼嗣は、違うくせに！

――違わない。なんにも。

あれが、混乱してなじった自分を宥めるためだけの言葉だと、わかっていたくせに、縋った。

泣いて暴れて、それでも抱きしめ続けてくれた腕の強さに、本心ではときめいていた。

乱暴され、傷つけられたことが哀しかったのではない。誰かと、それも同性と寝たばかりの身体を見られて、恥ずかしかった。ほかの誰に知られても、涼嗣にだけは知られたくなかった。

(だって涼嗣は、夏葉を好きだった)

十五年前の夏に覚えた疎外感は、きっかけなどではなかった。秋祐は、涼嗣と夏葉しかいないあの世界のなかに、いつまでもまじっていたかった。そこからはじき出された自分が、さみしかった。

相手が姉であるということではない。秋祐自身が涼嗣の恋の対象ではない、それを思い知ったのがなによりせつなかったのだと知ったら、このいとこはどんな顔をするのだろうか。

想像はつく。誠実に映る目を眇《すが》め、そんなつもりではなかったと、哀しげに顔を曇らせるのだろう。傷つけてしまってすまなかったと、心から詫《わ》びるだろう。

根底を理解しないまま、罪悪感まじりの甘やかしで、秋祐をまた傷つけるのだ。

「もう、ほら、やっぱさあ、『違う』じゃん……」

「え？　なにがだ」

意味がわからないという涼嗣に、なんでもない、と秋祐はかぶりを振る。ああ、やっぱり通じないんだと、あらためて再確認した気分だった。

(もう、いいんだ)

平均的に見て異質なのは秋祐のほうで、涼嗣がどんなに理解しようとしても、それは優勢種の彼には、無理なのだ。

それだけのことだ。何度も自分に言い聞かせれば、自然と笑みが浮かんだ。諦念《ていねん》の滲むそれではあったが、目の前の、ある一定の感情についてのみ鈍い男には、内心などわかりはしないだろう。

「秋祐、どうかしたのか」

「なんでもない。それより、食事終わったよな。ちょっと、つきあってもらっていいかな」

秋祐の痩身《そうしん》から吹き出ていた、怒気のようなものが一瞬で消えたことに、涼嗣は訝しがっていた。だが、笑ったままの秋祐を追及はできなかったらしい。

「悪いけど、テーブル、片づけてくれるか。用意してくるから」

「え、ああ。でも、用意ってなんの」

「……ひと晩早いけど、誕生日プレゼント」

くすりと笑って告げると、涼嗣は驚いた顔になった。気を遣うなという言葉が発せられる前に、秋祐は口早に告げる。

「いらないって言うなよ。ずっと準備してたんだから。あ、俺が声かけたら、家の電気全部消して」

「ああ、わかった」

どこかくすぐったそうに、涼嗣はうなずいて見せる。少年のような素顔が垣間《かいま》見え、秋祐は疼《うず》く胸を押さえた。

これから、隠し続けたすべてを、夜の闇に放つ。

もしかしたら、これが涼嗣の見せる、最後の笑顔かもしれないと思った。

＊　＊　＊

しばらく居間で待機してくれと言われ、なにがなんだかわからないまま、言いつけに従った。

「いいよ、消して」

成人してもどこか細くあどけない、秋祐の声が部屋に響いた。

涼嗣は遮光カーテンをしっかりと引き、部屋の明かりという明かりをすべて落とした。留守電のメッセージランプの点滅など、ほんの小さなものもだめだと言うから、面倒になってブレーカーごと落とす。

自分の立っている場所すらわからなくなるような暗闇が、そこにできあがった。

ずいぶんと大がかりだ。明かりを消してのサプライズなど、ずいぶん子どもじみているとも思う。それでも秋祐の気持ちは純粋に嬉しく、涼嗣は気分が高揚する自分を知った。

「で、なにがあるんだ？」

「すぐわかる。……これを、ずっと見せたかったんだ」

秋祐の声は、少し遠くから聞こえた。そして、いったいなんだと訝っている涼嗣の目の前で、ふわり、と青白い光が揺れる。

ひとつ、ふたつ、と明滅するそれに、涼嗣ははっとなった。

「蛍……？」

「そ。こっそり育ててた。よかったよ、誕生日に間に合って。ちょっとフライングだけどな」

ふわふわと部屋のなかで舞うあわい光に見惚《みと》れ、涼嗣は鼻先に、なつかしい沢のにおいを感じたような錯覚を起こした。

実際には防音のきいたマンションのなかで、視覚以外のなにも、あの沢を思わせるものなどなかったのだが、ひらり、ふわりと飛びまわる蛍を目で追ううちに、五感で覚えたものが脳のなかで再現される。

木々のざわめきと、せせらぎの音。幼い秋祐が、はしゃぐ声。草や水のにおいまで鼻先にまつわるようで、涼嗣はかすかに震えた。

「きれいだろ」

「ああ……うん。すごいな。ありがとう、アキ」

こんなものを、いつの間に、どうやって。問いたい気持ちはあったが、感動すら覚えたいまの涼嗣は、ぼんやりと部屋のなかに作られた幻想の光景を眺めるしかなかった。

そしてしばらく経って、ようやく気づく。

「これか？　さっきの、誕生日がどうこうって」

「うん、もうあと三日保てばいいかって感じだったから……思ったより、育つの早くてさ」

なるほど、だからあんなに焦《あせ》った顔をしたのか。少しくすぐったいような気分になりつつ、せっかくの計画を台無しにしてしまったことが、申し訳なかった。

「悪かったな、予定、あわせてやれなくて」

涼嗣としては、心から素直に詫びたつもりだった。だが、秋祐の返事はない。

「アキ？」

「……いいよ、これだけのことだから」

声にはなんの色もなく、表情が読めなかった。蛍火以外になんの明かりもない部屋では、秋祐の顔どころか、その姿さえもあいまいになる。涼嗣は理由のない不安を覚え、戸惑った。

なにか妙だと感じるより早く、闇のなかで位置の摑めない秋祐の、静かな声が聞こえた。

「住むところ、探さないとなあ」

「……え？」

ふっと息をついた秋祐の言葉に、涼嗣は理由もなく、ひやりとしたものを覚えた。

「え、じゃねえよ。おまえ、理名さんと一緒に住むだろ。なら、俺、早く出ていかないと」

さらりとした声は、穏やかだった。だが、涼嗣の不安感はひどくなる。

こんなにも感情の見えない声を発する秋祐など、涼嗣は知らない。まるで、知らない誰かが秋祐の声を借りて、喋っているかのようだ。

「出ていくって、どうしてだ」

「どうしてって、新婚家庭作るんだろ。まあ、新居、ここにするのか、べつに買ったりするのかは、知らないけど、どっちにしろお邪魔はできないじゃん」

笑っているのに、どこか空虚だ。涼嗣はもはや、蛍ではなく、秋祐の姿を捜すために視線をめぐらせた。けれど、完璧に作りあげた暗闇は、求める姿をしっかりと隠して離さない。

「出ていくことはないだろう。俺たちは俺たちで家も探すし、秋祐がここに住めばいい」

「ばか言うなよ。なんで家主追い出せるんだよ。だいたい、俺に家賃払えるわけないだろう」

「べつに賃貸じゃないいんだし、そんなのいらない。貸してやるから」

この部屋の名義は涼嗣のものだし、問題はない。重ねて言っても、秋祐は笑うばかりだ。

「そんなわけにいくかよ、いつまでも親戚に甘えられない」

「アキ、無理する必要はどこにもないから」

暗がりのなか、ひどい焦燥だけが背中を這《は》いのぼる。自分がなぜこんなに必死になっているのかわからないまま、涼嗣はなおも言いつのった。だが、秋祐はあっさりと涼嗣をいなす。

「無理ってなんだよ。おまえが言ってることのほうが、よっぽど無理だろ」

落ち着けと、いやになるほどやさしく穏やかな声で告げられ、はたと涼嗣は気づく。

「……おまえ、本当に、いなくなるのか？」

「いなくなるってなんだよ。嫁もらうのはおまえだろ」

呆然とつぶやいた涼嗣の声に、秋祐はおかしそうに笑った。だが涼嗣は、涼嗣こそが、自分を笑いたい気分だった。

（あたりまえのことだろう。なにを言ってるんだ、俺は）

秋祐が、いなくなる。理名と生活をともにするというのは、そういうことだ。しかし本気で、いまのいままでそれを失念していた。

そんなことは頭にすらなかった、というほうが正しい。そしてこのどうしようもない違和感を、少し前に覚えたことを思いだした。

――ま、いくらアキちゃんでも、ひとりに慣れればどうにかなるんじゃないの。

――ひとり？

ざわざわと胸が騒いだ。あのとき、佐伯に指摘された瞬間、涼嗣は頭が真っ白になったのだ。秋祐が、ひとりになる。ひとりに――する。それは自分が、置いていくからだ。いまのいままで自覚もなかったことに驚愕を覚えながら、同時に涼嗣はざらつく胸の奥が冷えていくのを知る。

置いていくのは、自分のはずだ。なのになぜ、まるで涼嗣のほうこそが、置き去りにされたような気分になっているのだろう。

「だって、それじゃあおまえ、どうするんだ」

「どうするも、こうするもないだろ？　涼嗣が決めたことだ」

涼嗣の混乱を見透かしたように、秋祐は苦笑をもらした。

「俺は、いつか、涼嗣がいなくても、ひとりで生きていかなきゃなんないんだよ」

「ひとは、誰だってひとりで生きてるようなものだろう？　そんな、片意地張らなくても」

自分でも、なにを言いたいのか、わからなくなっていた。この暗闇のせいだろうか、どこまでも頼りなくて、とにかくなんでもいいから言葉をつないでいないと、本当に秋祐が消えてしまうのではないかという、恐怖に似たものを覚えた。

涼嗣とは対照的に、秋祐はいつもとはまるで違う、おとなびた、落ち着いた声で言った。

「そういうことじゃないんだよ」

不思議なことに、なにも見えないのに、秋祐が微笑んでいるのがわかる。

「はじめから、本当にひとりで生きてる涼嗣には、きっとわかんないんだろうけどね」

「……なに言ってんだ、秋祐」

「俺は無理だ。ひとりは、さみしいよ。ずっとさみしかった」

だったら一緒にいればいいと口走りそうになって、涼嗣は声をつまらせた。暗闇のさき、つないでいたはずの手を、考えもなしに離したのは、自分のほうだ。

(俺は、いったい)

大事に護ってきていたつもりでいた。けれど理名を選ぶということは、秋祐を捨てるということなのだと、いまのいままで、本当に考えもつかないでいた自分に、愕然とした。

――秋祐をちゃんと好きになってくれて、ちゃんと大事にしてくれるやつがいれば。

佐伯に、そうも告げた。けれどその『大事にしてくれるやつ』は、いったい誰かと問われても、なにも浮かびはしないのだ。

そして、さきほどなんの他意もなく、だからこそ残酷に放った言葉で、切りつけられる。

「涼嗣は、子ども作って、ちゃんとひとりじゃなくなれるだろ」

「え……」

「俺は、つないでいくさきが、なにもないんだよ。俺は男のひとじゃないと、きっと好きになれないから。種《しゅ》を残せないのはやっぱり、間違ってるとは言わないけど、さみしいよ」

淡々としたその声に、頭を殴られた気がした。

まるで泣いているかのような痛さを隠した響きを、聞き逃すわけにはいかなかったし、秋祐が痛さを覚えていることを、涼嗣が許せるわけもない。なのに、その痛みを与えているのは、涼嗣自身なのだ。

――もう、ほら、やっぱさあ、『違う』じゃん……。

さきほどの、あのあきらめきったようなつぶやき。失言を取り消せるものなら、時間を巻き戻したい。けれど、目に見えないものはいつだって、取り返しはつかない。

記憶も、言葉も時間も、この手に触れられるような実体はないのに、そのくせ持てあますほどに影響は大きくて、痛みは鋭い。

「俺も、やっぱり恋愛したいな。いいかげん、セフレはやめて、カレシ作ろうかなあ」

「は……？」

さきほどから、いくつも涼嗣の予想を超える発言をした秋祐だったが、今度のこれは質があまりに違った。

「おい、セフレってなんだ……」

「この、蛍みたいに、誰かに対して一生懸命、光ってみたい。それで、つがいになるひと、見つけてみたい。今度は大事にしてくれるひとがいいなあ」

部屋を飛び交う蛍のように、ふわふわと夢を見るような声で秋祐はつぶやく。さきほどまでの、色のない声とはまるで違う、やわらかくとろりとした、胸の奥をそっと撫でるような、甘い、せつない声だった。

だが涼嗣は、ほんのかすかに、声に湿りを帯びている甘いその声をひどく剣呑な気分で聞いた。いまのいままで、秋祐が誰かと、身体だけの関係を持っていただなどと、予想もしなかった。なにからショックを受けていいのかわからないまま、問う声は詰問《きつもん》口調になる。

「秋祐、答えろ。いまの、どういう意味だ」

手のひらに冷や汗が滲んでいた。秋祐を捜す視線はなおも鋭くなり、短い息が唇から漏れる。

けれど秋祐は、あのふわりとした声のまま、言うのだ。

「俺だけ好きになってくれるひとがいい、かな。それから、今度は俺もちゃんと、相手を好きになるよ」

「秋祐！」

――おまえに理名ちゃんがいるみたいに、アキちゃんにも、いたっておかしくねえだろ。

佐伯に言われたとき、秋祐の自由だなどと言ったくせに、なぜこんなにひどい衝撃を受けているのだろう。困惑する涼嗣に、秋祐は小さく笑う。

「ちょっと、一緒にいすぎた。俺はずるかったんだ」

「秋祐、おい、どこにいる？」

蛍の放つあわい光だけでは、なにもわからない。手探りで伸ばしたさきには、なにも捕まえられない。

「秋祐、明かりつけるぞ！」

答えはなく、涼嗣は焦った。混乱もひどく、長く暗闇のなかにいるせいで、方向感覚が摑めない。

いまいる場所から、右に向かえばいいのか、左に行くのか、それすらわからないまま足を踏み出すと、秋祐の遠い声がした。

「俺、涼嗣が好きだった」

「十年前、あいつが俺に乱暴なことしたのは、あいつが涼嗣に似てたって、気づかれたからだ」

「え……？」

「なに、言ってるんだ、秋祐」

硬直し、動けなくなった涼嗣に、秋祐はふふっと笑った。

「涼嗣は、あのころ夏葉が好きだったよな。いまは理名さんが好きで。たぶんそれは、とても正しいし、いいことなんだ。涼嗣はいつも、ちゃんと正しい」

まるで自分が間違いであるかのような物言いが、涼嗣の鳩尾《みぞおち》をひやりとさせた。

「ちょっと待て、顔見て話すから、少し、待ってくれ」

これ以上混乱させないでくれと訴えても、秋祐は聞かなかった。

「いいんだ、大丈夫」

「なにがいいんだ」

「俺は、ちゃんとひとりになるよ。そこからはじめないと、いけなかったんだ」

いままでありがとう。そんなふうにつぶやく秋祐の声にぞっとして、涼嗣は周囲を見まわす。なにも、見えない。

「秋祐、そこ動くな、いいか、動くなよ！」

そして、あちこちの障害物に身体をぶつけながら、どうにかブレーカーのある場所へとたどり着いたとき、玄関のドアが開く音がした。

急いでブレーカーのスイッチを入れ、明暗差に一瞬眩《くら》んだ目をしばたたかせる。

明るくなった部屋には、秋祐の姿はなかった。

はっとして玄関から飛び出し、エントランスに向かうと、すでにエレベーターは降下していた。瞬間的にかっとなり、拳を叩きつけるようにしてボタンを押した涼嗣は、その痛みで我に返る。

(追って、どうする?)

混迷したまま、いたずらに引き留めて、そしていったいなにを言うのだ。

おそらく、いま追いかけて話をしても、秋祐はなにも納得はしないし、涼嗣もまた、伝える言葉を整理できていない。

息を深く、吸って吐く。答えもないまま、衝動だけで走ることのできない自分をひどく呪わしく思いながらも、頭の片隅はやはり、どうしようもなく冷静だ。

(考えろ)

――涼嗣はいつも、ちゃんと正しい。

秋祐の言った言葉は、彼と自分を隔絶するものでもあったが、彼が涼嗣に向けた信頼でもある。そこを間違えたら、おそらくはすべてが終わる気がした。

部屋に戻ると、明かりをつけたそこには数匹の虫が飛んでいた。さきほど、あれだけ幻想的に思えたはずなのに、こうしてみると蛍もただの地味な虫だ。

スイッチを押して、電気を消す。ふたたび、青白く光を放ちだした蛍を眺めたけれど、それがさきほどまでのうつくしさをまったく覚えさせないことに気づいた。

妙に空虚な気分なのは、喪失感のせいだろうか。わからないまま立ちつくしていると、こん、と小さな音がした。

「あ……」

はっと目を向けると、蛍が電気カバーにぶつかっていた。

涼嗣は明かりをつけ、部屋のあちこちに飛びまわる蛍を捕獲した。存外に数も多く、ひさしぶりの虫取りは妙に疲れた。

放っておいてもいいのだが、無駄な殺生《せっしょう》はきらいだし、秋祐が大事に育てていたものだ。儚《はかな》いほどに命が短い生き物だからこそ、精一杯、生かしておいてやりたいと思った。

一匹ずつ、手のなかにかこっては、床に転がっていたケースに移す。明るい部屋で、蛍は思ったよりもおとなしかったので、さほど苦労はしなかった。

「しかし、あいつは、これをどうする気だったんだ?」

部屋で放すのはいいが、絶対に後始末は考えていなかったに違いない。つぶやいて、少し笑って、涼嗣はそのあと自分の顔がいっさいの表情をなくすのを知った。

黙々と作業をする自分が、ひどく滑稽な気がした。たったいま秋祐に投げつけられた言葉や、逃げていった彼について考えなくてはいけないと思うのに、まるで現実感がない。

頭のなかが真っ白で、目の前の散乱を片づけることしか、できなかった。

ケースを戻すため、ひさしぶりに入った彼の私室には大きな水槽があって、これがおそらく飼育するためのビオトープなのだということはわかった。

(こんな、大がかりなものまで持ちこんで)

たった一瞬のために、どれだけ時間をかけたのだろう。

手のひらに閉じこめた蛍がもがく感触に、いろんなことを思いだした。

――涼ちゃん、蛍、見たかった？　俺、捕ってきてやろうか。

妙にしつこく言われたあのとき、涼嗣は、彼がなんだか必死だと感じた。ただその気持ちが嬉しく、秋祐が自分のために、なにかしてくれようとするだけで、充分だと思えた。

そもそも、涼嗣は秋祐ほど、この生き物に興味はなかった。

小さいころから、蛍を眺めるのは常に、秋祐と一緒にいたときだけだ。正直に言えば、闇夜に光る虫は、あまり情緒的ではない涼嗣の感性に、訴えかけてはこなかった。

けれど、秋祐が、きれいだと言うから、きれいだと思った。楽しそうに、嬉しそうに目を輝かせるいとこの横顔ばかりを、見ていた気がする。

そっと蛍を捕まえて、手のなかで光るのを指の隙間から見せてやると、目をきらきらさせて喜んでいた。同じ歳なのに、見た目も性格もどこか幼い秋祐は、本当にかわいいと思った。

——すごいね、涼ちゃん、きれいだね。

ことに、蛍を捕まえてやったときの笑顔は、たまらなかった。少し大粒の白い歯をこぼし、やわらかい頬を紅潮させているのが夜目にもわかった。

あんまりかわいくて、こんなものならいくらでも捕ってやるのにと、いつも思っていた。

冬の雪、秋の紅葉に、春の散る花、夏の蛍。

自然に囲まれた町で、うつろう四季をすべて、秋祐の感性を通すからこそ、うつくしいと思えた。

秋祐だけが、いつも、涼嗣のなかで、あざやかに色を違《たが》えていた。

圧倒的な光のちからに愛された秋祐が、涼嗣に欠けた部分を、いつでも埋めてくれたのだ。

「……ばかか、俺は」

なにも欲しくないのは、すべて満たされていたからだ。そんなことにいまさら気づいてどうするのか。

吐息まじりにつぶやいた涼嗣の手のひらから、するりと蛍が逃げていく。

ビオトープに集う仲間に向けたあわい光を眺めて、小さな箱庭は、まるでこの部屋そのもののようだと涼嗣は思った。

強引に同居を決めたのは、秋祐をああして、閉じこめてしまいたかったのかもしれない。

一度はこの手を離れたものだから、捕まえてしまいこんで、安心していた。

逃げ出すこともなにも、想像すらせず、自身が伴侶を得るというのに強欲にも、秋祐はそのままそこにいると信じこんでいたのだ。

関係に、はじめから名前があったのがいけなかったのだろう。

いとこで、友人で、大事だった。秋祐は小柄で、身体も弱くて、叔父や夏葉に『頼む』と言われ続けていて——大事にする理由が最初から、ありすぎた。

血のつながりなど、なんの意味もない。離れたら、なんの意味もないのだ。

涼やかな顔立ちをした小柄ないとこが、誰かのものになってしまうことがあり得ると、十年前のあの冬の日に気づいたはずだった。

だが、あの複雑な気持ちになんと名づけてよいものかを、涼嗣はあまりに長く決めかねていた。決める必要もなく、秋祐はそこにいるのが涼嗣にとっての当然だったからだ。

なにより、浅野とのことを知ったあの日、秋祐は彼と別れたばかりだった。だからまだあれは、誰のものでもないのだと身勝手にも安心していたのだろうか。

けれどもう、この場に秋祐はいない。

恋をしたい、恋人が欲しいと言われただけで、こんなにも恐慌状態に陥る自分が情けなかった。けれども半身をもぎ取られたような痛みは、ごまかしようがない。

本当にばかだ。もう一度つぶやいて、涼嗣は自分のすべきことを考えた。

理名との未来。建設的で、秋祐が正しいと言ったそれを選べば、おそらく涼嗣は楽に生きられるだろう。なんの負荷もなく、重く苦い思いをすることもなく、淡々と穏やかな道を歩ける。けれどその穏やかさは、おそろしいまでに色あせているのだ。一瞬の感傷に呑まれているだけではないかと幾度自問しても、秋祐を失う恐怖は消えることがない。

目を閉じて、開く。まだ残像として瞼裏《まなうら》に残る幻想のような蛍火が消え、しらじらとした蛍光灯の下にたたずんでいても、驚くほど気持ちは変わらなかった。

そして、これから傷つける相手に対しての罪悪感よりもなによりも、欲したものを欲すると、決めた。

＊　＊　＊

誕生日の当日、理名と訪れたレストランで、涼嗣はきっぱりと言葉を発した。

「悪いが、結婚のことは、なしにしてほしい」

切り出すと、理名はしばらく、沈黙した。都合の悪い話を聞きたくないのか、それとも聞かなかったことにしたいのだろうか、と涼嗣がいささか不安に思っていると、彼女は深々と息を吐き出した。

「わたし、涼嗣はもう少し、ＴＰＯを考えるひとだと思ってた」

「え？」

理名のため息まじりの言葉が意外すぎて、涼嗣は一瞬ほうけた。その顔をちらりと見て、もう一度ため息をつき、理名は手元のフルートグラスを取る。

「せっかくおいしい食事なのに、これじゃあ台無しじゃない」

言い捨てるようにして、彼女はなかほどまで残っていたシャンパンを一気に飲み干した。

「理由は聞かせてもらえないの？」

ほっと息をついてグラスを置いた理名は、縁についた口紅のあとを指先で拭っていた。本式のマナーでは拭い取らないほうがよいとされ、当然彼女も、そんなことは熟知しているだろう。一連の彼女らしからぬ仕種に、押し隠した動揺と苦さが透けていた。

「了承してもらえるのか」

問いかけると、理名は優美な眉をぐっと寄せた。なにをばかなことを言うのか、そんな目で見られたけれど、予想以上に冷静な彼女にむしろ驚いてしまう。

「するしかないじゃない。涼嗣が、こんなことでわたしを試したり、まして冗談で言い出す性格じゃないのも知ってる」

お互いを試したり、駆け引きをするようなつきあいなどしてこなかった。理名も涼嗣も、相手に誠実であり続けたことは、誰より知っているし、愚にもつかない嫉妬を煽《あお》る言動を取るような真似もしないという、信頼がある。

「決めたんでしょう？　もう」

「……ああ」

だからこそ、涼嗣がそれを口にしたということは、終わりを明白に決めたからだと、聡い女は短い言葉で悟ってしまったらしい。

「だったらもう、なにを言っても無駄でしょう。それがわからないほど、わたしは、ばかな女じゃない。残念ながら」

はっと短い息をつくのは、心の重さを逃がすためだろうか。

ふだんよりもしっかりとしたメイクが、明日からの挨拶にかけていた彼女の気合いを物語る。それだけに、涼嗣も苦しかった。

「で、理由は？」

毅然《きぜん》とした態度で問う理名は、あたりまえだがいつもよりもきつい表情だった。それでも取り乱さないようつとめる彼女に、涼嗣はいっそ感服し、腹を割った。

「好きな相手ができた。……いや、気づいてなかっただけで、ずっと、いた」

ここまできたら、妙な遠慮をするのもむしろ失礼だ。最低なことを言っている自覚はあったが、彼女は知りたいと言った。だからはっきりと答えると、理名は一瞬だけ指先を震わせた。

だが動揺をあらわにしたのはそれだけで、どこまでも淡々と彼女は言葉を綴《つづ》る。

「そう。……相手は、このことを知ってるの？」

「理名と結婚するかもしれないことまでは、知ってる」

「わたし、『卒業』を逆でいってるわけなのかな」

茶化すような言葉に、やはり頭のいい女だと思った。食事をまずくするなという、さらりとした切り返しは、この場を気まずくさせないための、彼女の思いやりでもある。むろん、本音でもあっただろう。

こういうとき、みじめったらしくも無様にも振る舞うことができない理名のプライドに、助けられていると知りながら、涼嗣は口を開く。

「いや。まだ、なにも言ってすらない」

「え……？」

秋祐には昨晩、好きだったと、過去形で言われただけだ。いまとなっては、涼嗣が一方的に思うだけかもしれない。それでも、向きあうには理名のことをきちんとするべきだと思った。なにより、それがいま涼嗣に見せることができる、秋祐と理名への、たったひとつの誠実だった。

「あいつとは、まだなにもない。ただ、たぶんこのままじゃあいつを見失うから。それは俺にとって、とても大きいことなんだと思う」

昨晩、蛍を眺めながら、この喪失感が一生続くのかと思うと、寒気がした。

そうと感じる時点で、もはや、答えは決まっていたのだと思う。理名を裏切り、傷つけても、あのなにもかもが色をなくしたような時間に耐えられるわけはないと、涼嗣は知ってしまった。

「なくせないんだ、あれだけは」

いっそ穏やかなほど、気持ちに揺らぎがない。

理名には申し訳ないと感じるけれど、加害者側が傷ついた顔をすることほど最悪なことはないから、あくまで涼嗣は淡々としていた。

だから、謝罪もしなかった。謝られたら、相手は許すと言うしかなくなる。そこまで卑怯になりたくなかった。

理名は、まっすぐに自分を見る涼嗣の目に、すべてを悟ったようだった。ぐっと唇を噛んだのち、また大きなため息をついて、きれいにセットした髪を軽くかきあげた。

「取り返しがつかなくなる前に終わらせてくれたのは、ある意味ありがたいけどね。実家に連れていけなんて急《せ》かしたのが失敗だったのかな」

「理名?」

「どっかで、わかってた気がする。涼嗣はつきあっていたときから、いつでも少し気がそぞろだった」

「え……」

「少し、それに疲れたところもあったの。焦ってた、のかも」

理名はぼやくように言った。彼女の本音をそれこそはじめて聞かされて、涼嗣は目をまるくするしかない。

「俺は、なにか不安にさせることを、してたか」

「ううん。そういうんじゃないんだけどね」

ただの直感としか言えない。理由もよくわからないから、うまく説明できないけれどと前置きして、理名は落ち着いた――あきらめを孕《はら》んだ声を出した。

「やさしいし、大事にしてくれる。でも完璧すぎて、なにも本音が見えないの。会いたいって言わない限り会ってくれない。わたしが言いたい放題しても、鷹揚《おうよう》に聞き流す。楽だったけど、楽すぎてね。誰がこのひとを、そんなふうな『男』に育てたのかなって思ったことある」

育てた、という言葉のさきに含みを感じ、涼嗣はさすがに眉をひそめる。

「べつに俺は、二股かけたりは――」

「うん、してなかったと思う。そういうのはカンでわかるから。それに秋祐さんのことも知ってたし、単純に面倒見がいいっていうか、おおらかなのかと思ってたんだけど」

秋祐の名にどきりとはしたが、表情に出す愚は犯さなかった。理名にしてもそこに含みはなかったらしいけれど、ぐっと握った拳で痛みを押し殺していた。

「でもやっぱり、誰かいたんだなって、むしろいま、納得はした」

「理名……」

「あれが全部無自覚なら、最悪。いまになってやっと気づいたのも、もっと最悪」

そこまで言って、はっきりと理名は傷ついた顔を見せた。ぐっと唇を噛み、眉を寄せて、なにかを振り払うように、意味なくかぶりを振る。

そのすべてを、見ておこうと思った。逃げ出さず、自分の愚かさで傷つけた彼女を、すべて覚えておくのが、この夜の涼嗣の役割だった。

しばしの沈黙のあと、感情をおさめるように深呼吸した理名は少しかすれた声を発した。

「涼嗣。わたしが結婚相手に求める条件、言ってあったよね」

「経済力と健康、だろう?」

「そう。でもね、それよりなにより、口に出す以前のもうひとつの、最低限の条件がある」

理名は一瞬、見たことのないほど痛々しいかたちに眉を歪めたあと、微笑んだ。

「わたしを好きでいてくれること。ちゃんと愛情を持っていてくれること。こんなの、いちいち、結婚したい相手につきつけるものじゃないでしょう。違う?」

「……ああ、そうだな」

責められるよりも痛い言葉を、涼嗣は受け入れるしかない。うなずいてみせると、彼女は呆れと疲れの入りまじった笑いを浮かべた。

「釣書だけで結婚できるなら、自分で捜すより見合いしたほうが確実よ。素行だってなんだって、調査会社が保証してくれるもの」

理名は、涼嗣を正しく弾劾《だんがい》する。けれど必要以上に、責めはしない。自分に見あうプライドをきちんと持っている人間というのは、大変にすがすがしいし、やはり彼女は、涼嗣にとって本当に好ましい相手だったのだと思った。

こんな瞬間に思い知っても、もうどうにもなりはしないけれど。

「もう帰る。それから、二度と会わない」

「わかった」

きっぱりとした言葉に、うなずく以外できなかった。強い目で涼嗣をまっすぐに見た理名は、きれいな顎にぐっと力を入れて、最後にと告げた。

「涼嗣は、わたしとつきあった三年の間の、思い出とか、信頼とか、安心とか。そういうものより、その好きなひとを取った。わたしがそれをどう思うか、不誠実な真似をするというのが、どういうことかは、もう自分でわかってるでしょう」

「わかってる」

「なら、いいわ。それから、これ。受けとってね」

涼嗣の抱えた身勝手な痛みを、しっかりと自覚しておけと釘をさし、理名は鞄から財布を出した。今日の食事のぶん、と差し出された紙幣を、涼嗣は受けとるしかない。

「わたしを傷つけたことは、一生、忘れないでくれる?」

立ちあがり、理名は大きく息をした。目の縁は薄く赤かったが、それを彼女はアルコールのせいだと言い張るだろう。

凛《りん》と顔をあげたその立ち姿に、見惚れた。

自分から切り出しておいて勝手すぎるが、つらかった。理名とは、佐伯からすればドライなつきあいに見えただろうけれども、似たもの同士で積み重ねた、たしかな情もあったのだ。けれどもう、彼女のためになにかをしてやることはできないのだと、わかっていた。

「みっともないことがきらいだから、縋りもしないし、泣かない。時間の無駄だから、なじるのもやめる。けど……許せないのは、理解して」

理性的に告げて、背を向けた理名に言えるのは、こんな言葉しかない。

「わかってる、ありがとう。ごめん」

謝るまいと、これを贖罪《しょくざい》にすまいと思ったけれども、やはり謝罪の言葉は溢《あふ》れてしまった。許しを請《こ》うのではなく、ただ真摯《しんし》な気持ちで頭を下げると、泣き笑うような声が聞こえた。

「……やっぱり、ぶん殴りたい」

くっと唇を歪め、笑いながら理名は去った。最後まで毅然と顔をあげた、どこまでもプライドの高い女に頭を下げて、涼嗣は静かにため息をつく。

喪失の痛みなど感じる権利はない。涼嗣の勝手が迎えさせた終わりなのに、幕引きは信じられないほど穏やかで静かだった。それはすべて、理名のおかげでしかない。

(もっといい男、捕まえてくれ)

内心で送った声援は、それこそ理名にはよけいな世話と切り捨てられるだろう。

最後まで鮮やかにきれいな女だった。たぶん秋祐がいなければ、迷わず理名を選んだ。鈍くて情けない涼嗣にはもったいないくらいの、聡く涼しげな理名とは、彼女の言うとおり信頼も安心もきちんと積み重ね、心を通わせていたのだと思う。

けれど、もう会えない。そしてこの身勝手な痛みは、涼嗣ひとりで飲みくだすべきだ。

もう一度、心のなかで「ごめん」と詫びて、涼嗣は立ちあがった。

会計をすませ、レストランを辞した。周囲の目はいささか痛かったが、もうここに来なければいいだけの話だ。

状況を考えると、信じられないほどにあっさりと、別れ話は終わった。そしてつくづく、理性的な人間というのは、損をするのかもしれないと思った。

涼嗣自身もそうだが、理名にしても、理性的で頭が切れすぎる。感情よりもまず、『この場合はどう対処すべきか、その場はどう振る舞うべきか』が先にくるのだ。ある意味では、それこそが理名や涼嗣のような人種の精神活動の基盤なのかもしれない。

けれど涼嗣は、秋祐のように自身とはまるで違う、後先も考えず感情と衝動で行動するタイプに、妙に心を動かされる。

だからこそ、あのいとこをずっと手元に置いておきたかった。

あきらめ、夏を終わらせた夏葉ではなく、あの日の蛍を追い続けている秋祐だから、不器用でしょうがないと思いつつ、どこかで羨《うらや》ましいのだ。

欲したものを得ようとし、または得られないと嘆く、あの純粋で少し愚かなやわらかさが、涼嗣にはない。立場や状況など考えられず、なりふりかまわず、ただまっすぐに自分の欲求のみで行動したこともない。

（いや……これが、はじめてか？）

車に乗りこみ、帰途をたどる涼嗣の口元に、小さな笑いがこみあげた。

あれから帰ってこない秋祐は、おそらく大学の研究室にでも寝泊まりしているはずだ。

さて、どのタイミングで迎えに行けばいいものか――と考え、もう残りわずかな命の、ビオトープに棲む彼らを思い出した。

狭く小さな、人工的な自然のなかで、蛍は今夜も光っているのだろうか。

信号待ちの間、とんとん、とハンドルのうえで長い指が踊る。

そしてアクセルを踏むころには、この夜の行き先はもう、決定していた。

＊　＊　＊

ふっと秋祐が息をつくと、サボテンの花が、小さな花弁を震わせる。学名『マミラリア』、流通名『白珠丸』は名前のとおり、白くやわらかく細い刺《とげ》を丸みを帯びた全身にまとっている。

その隙間に、まるで刺に護られるように、濃いピンクの小さな花が咲くのだ。

なにかの虫が止まったのか、頭上にあるハイビスカスがふわりと揺れる。真っ赤な花弁は華やかでうつくしいけれども、秋祐はハイビスカスよりもこの白くまるいサボテンのほうが好きだった。

なるべく自然環境に近づけたこの温室は、植物学の研究室と共同で管理している。種類にもよるが、昆虫類で受粉に役立つものは放し、温暖気候で育つものについては、温室内にケースを設置してあった。

カメラなどを持ちこみ、気長に観察記録をつけるときもあるため、温室にはテーブルと椅子《いす》が常備されている。むろん、仮眠用に毛布もあって、長い時間をそれなりに快適にすごすためのツールは揃《そろ》っていた。

「でも、風呂はない……」

さすがに暑いなか長時間居続けたため、頭はぼうっとしているし、汗もすごかった。とはいえ、ここから動く気力もない。

涼嗣のもとから逃げるように去ったあと、秋祐は行くあてもなく、大学の研究室を訪れた。ここなら夜通しの飼育や実験をしている連中は多く、いつでもいられる。それこそ、ひさしぶりにセフレに電話でもしようかと考えたが、行けば即、寝る羽目になるため、さすがに傷心の穴埋めには自虐すぎると避けた。

「蛍、どうしたかな」

唐突な告白をぶちまけ、混乱させて逃げてきた。卑怯な真似をしたと思うけれど、不思議と後悔はなかった。

たぶん、秋祐の恋は、長いことさなぎの姿でいすぎたのだろう。後生大事に抱えていたけれど、きっと中身は羽化することもできないほど、腐っていた。

涼嗣には本当に、いい迷惑だったと思う。だが、秋祐がいくら朝帰りをしようと、研究のためと信じて疑いもせず、同い年のくせに弟扱いする男に腹が立っていたのは事実なのだ。

それでも、いまのいま、ぶちまけることはなかった。

「ほんっと、どうすんだ、これから」

結婚が決まったとはいえ、まだすぐのすぐに涼嗣が理名と暮らし出すわけではない。もろもろの準備もいろいろあるだろうし、最低でも数ヶ月、場合によるともっとかかるはずだ。

その間、秋祐はどこでどうやって暮らすつもりだというのか。

「考えなしに出てきちゃって、もう……」

「まったくだな」

ひとりごとに、返事をされて驚いた。まるで、目の前にいるサボテンが喋ったのかとすら思い、けれど聞き慣れた低い声に、秋祐は身体を震わせる。

「だいたいの見当はついてたが、まさか研究室じゃなくて温室とは思わなかった」

「な……」

「暑いな。まあそれもそうか、温室だしな。おまえ、白衣なんか着て平気なのか？」

「いや、慣れてるからとくに……って、そうじゃ、なくて」

ぼやいてスーツの上着を脱ぐ男を、秋祐は呆然と眺めたあと、弾かれたように立ちあがった。振動に、白珠丸の刺が揺れる。

自然環境に近づけるため、夜半の温室の明かりは、フットライトのみだ。就眠運動をする植物もあるため、最低限の明るさしかない。そのため、入り口に立つ男の姿は月明かりの逆光でシルエットになっていたが、あの長身を秋祐が見間違えるはずもなかった。

「涼嗣、なんでここ……？」

「さっき、研究室に残ってる学生が教えてくれた。昨日から、蓮実センセイは温室で引きこもってるってな」

まさか来るとは思わなかったので、口止めもしなかった。だが、訊《き》きたかったのはそういうことじゃない。秋祐は意味もなく口を開閉させ、言葉を探すけれども、穏やかに笑う涼嗣の声のほうが早かった。

「蛍。ありがとうな。おかげで、いろいろ思いだした」

手にしたケースを掲げてみせた涼嗣に、秋祐はあえぐような声を発する。

「思いだしたって、なに」

「昔、捕ってきてやろうかって言ってくれただろ。あれ、アキは覚えてたんだな」

薄暗い温室のなかで、涼嗣の持つプラスチックのそれのなかでは、秋祐が置き去りにした蛍がふわりと光る。

覚えていてくれた——思いだしてくれたことは、素直に嬉しい。

だが、昨晩の涼嗣とは真逆に、秋祐は混乱していた。

「ていうか、……待って、なんで涼嗣、ここにいるんだ」

こんなところに蛍を持ってきている場合ではないはずだ。だいたい、誕生日の夜にはデートだと言っていたし、正式なプロポーズだってすませたはずなのだ。

「明日は、結婚の報告しにいくんだろ？　こんな夜中に、理名さんほっといて、どうすんだ」

「いいんだ、それは」

なにがいいんだ。問いかけるより早く、涼嗣はさばさばと言った。

「結婚しないから」

「は……？」

「やめにしてきた。理名とも別れた。二度と会わないと言われた」

唖然として、秋祐は立ちつくすしかない。震える腕をあげ、口元を覆い、何度も目をしばたたかせた。

「や、やめにした？　なに言ってんだ、冗談きつい……」

それこそ昨日の今日だ。この鈍い男は秋祐の前で理名との子どものことまで語ったばかりだ。いったいなにがどうしたのかと、混乱のままかぶりを振るけれど、涼嗣は平然としたままだ。

「冗談じゃなくて、本当の話だ」

涼嗣がなにを言っているのか、少しもわからない。涼嗣は、手に持っていたケースを置いて、長い脚でゆっくりと、秋祐のもとに近づいてくる。

「アキがいなくなるなら、しないから。べつに、結婚しない理由がないから、しようと思っただけで」

言っている意味はわからないけれども、なにか自分が邪魔をしたことだけは理解できて、秋祐はパニックに陥った。

「ご……ごめん。昨夜俺が、あんなこと言ったから、なんか怒らせた?」

コンクリートに、涼嗣の革靴の音が響いた。

「怒ってない。ただ、呆れた」

「だから、ごめ……」

「違う、自分に呆れた」

秋祐の言葉を制した涼嗣は、脱いだ上着を机に投げ出し、軽く額の汗を拭う。それがなにか、緊張しているような仕種に思えて、不思議だった。

「アキ」

「は、はい」

少し硬く響く声で呼ばれ、理由はわからないまま緊張した。はいってなんだ。内心で自分に突っこみながらも、秋祐は身体を硬直させる。なにを言われるのかと身がまえていただけに、続いた涼嗣の言葉には、少し拍子抜けした。

「この蛍、ここで放していいか？」

「あ……あ、うん。たぶん、もう、そんなに長くないし……」

最後くらい、広い場所で飛ばせてやるのもいいだろう。うなずくと、涼嗣はそっと、ケースの蓋を開けた。小さな光が、ふわり、ふわりとそこから飛び出して、温室の花々とたわむれる。本来、亜熱帯系の植物も多いこの温室は、蛍には暑すぎるのだが、いずれにせよ今夜から明日が寿命だろう。

（……勝手にして、ごめん）

今回ばかりは単なる感傷だけで、いのちを振りまわした自覚はある。研究者としてあまり誉《ほ》められた行動ではなかったが、それでも優先させたい想いがあったのだ。

「なあ、アキ」

「ん？」

ぼんやりと、温室を舞う蛍を見つめていた秋祐は、妙に気の抜けた声で答えた。だが涼嗣は言葉を続けることなく、ふたたび「秋祐」と呼びかけてくる。

「なんだよ」

「こっち、向いてくれ」

いったいなんだ、と顔を向けると、思うより近くに涼嗣がいた。そして、真剣な目で覗きこんでいる。どきりとして顔を背けようとすると、頬にひやり、冷たい手が触れた。

「昨夜、好きだったって言ったな。あれ、もう、終わってるのか」

涼嗣はいつも子どもにするように頭を撫でてきたけれど、こんなふうに作為を持って頬を触られたことなどない。彼を意識していると気づいてから、触れた肌からなにかが伝わってしまうようで、ずっと怖かった。だがもう溢れてしまった想いは隠しようもない。あきらめるように、涼嗣の手が触れるままにまかせた。

「……そうしようと思ってる」

せめて伏し目に視線を逸らし、逃れようとした秋祐の視線を涼嗣は追ってくる。

「まだ間に合うなら、『だった』を取り消してくれないか」

こめかみを汗が伝った。息苦しさが増して、どうすればいいのかわからない。涼嗣の言葉の意図するところも、なぜこんな場所で頬を撫でられているのかも、なにひとつ理解できない。

「取り消して、どうすんの」

涼嗣はなにを言いたいのだろう。わからないまま、このさきを聞いてはいけないと反射的に思った。だが耳をふさぐより早く、彼は言葉を口にしてしまう。

「セフレとも切れてほしい。そういうことがしたいなら俺としてくれ」

「な……」

まさかの言葉に、秋祐は驚きのあまり固まった。動悸《どうき》がひどくなり息があがって苦しい。

涼嗣の声もまた、苦しそうだった。似合いもしない、ひどく、おずおずとした手つきで頬を撫で、流れ落ちた汗を彼は拭う。

まだ状況をすべて呑みこめず、ぽかんと口を開けた秋祐に、涼嗣は笑う。

「前歯が」

「え？」

「昔から。……蛍狩りに行くと、そうやって口開けて笑ってた」

あわてて口元を隠そうとするより早く、涼嗣が長身を曲げ、唇が盗まれる。

（え？）

軽く吸って離れる、一連の動作の間、秋祐は身動きひとつできなかった。ただ、あまりの現実感のなさに、寒気すら覚えていた。

痺《しび》れの残る唇は、現実だろうか。温室の暑さにやられたか、それとも幻覚作用のある植物でも栽培されていたのだろうか。惑乱のまま、秋祐は引きつった笑いを浮かべてしまう。

「なんで？　涼嗣は違うだろう」

「違わないんだ」

理性的で、いつも自分を律しているような涼嗣が、言葉に迷っている。秋祐もまた、いまの現実が信じられずに、どこか意識がうつろなままだ。

けれど、頬を撫でた指が肌をすべる。唇に触れ、そっと肉のやわらかさをたしかめるようにする手つきが、言葉以上に伝えてくる。

「なんにも違わない。あのときだって、きっと違わなかった」

指示語だけでも、いつのことをさすのかはすぐにわかった。

「秋祐が、……アキが、ちゃんとひとりになりたいと言ったとき、意味がわからなかった」

「それは……」

ただのやつあたりで、感情をぶつけただけだ。意味などないに等しいと言いかけたけれど、涼嗣の言葉のほうが早かった。

「なんで、おまえはひとりになりたいんだ。俺はそこにいちゃいけないのか？」

途方にくれたような涼嗣の声に、期待するなと思いながら、心音があがる。だが、だめだと秋祐はその手首を摑み、自分の頬から引き剝《は》がした。

「涼嗣は理名さんと結婚するんだ。それでちゃんと、子ども作るといい」

「いらない」

「いらなくない。俺とは結婚できないって、自分で言ったんだ。なにも、そこまで面倒見よくなったりしなくていいんだ」

庇護し続けていた相手を傷つけたからといって、そうまで言わなくてもいい。きっぱりと秋祐が言いきると、涼嗣は、思いもよらない表情をした。

「やっぱりもう、過去だったか。俺は、間に合ってない？」

「え……」

とても傷ついて哀しそうな、せつない目をまっすぐに、秋祐に向けている。これは誰だろう。見たこともない男の表情を、秋祐は呆然と見あげていた。

「これといって結婚しない理由がないから、それでいいと思った。でも、べつに積極的にしたいわけじゃなかった。子どもを欲しがったのは、理名のほうだ」

昨晩の言葉を、涼嗣は繰り返す。だが含まれるニュアンスがあまりに違って、秋祐は眉をひそめた。

「涼嗣、それけっこう最低なんだけど」

「俺も気づいてなかった。けど気づいたから、最低になる前に終わらせてきた」

「気づいたって、なにを」

「理名じゃないんだ。俺が欲しい相手は、もうずっと目の前にあったから、手に入っていたつもりでいたから、わかってなかった。秋祐とは結婚なんかできないし、する必要もない」

払った手首を、摑まれる。痛いくらいの力がこもるそれに、秋祐は今度こそ顔を赤らめ、そして青ざめた。

「待てよ、待て。本気か」

「結婚できなくて、ややこしくて遅いけど、でも俺を選んでほしい」

「待てって、涼嗣！」

叫んだけれども、引き寄せられた。熱っぽい身体は温室のせいだけじゃない。至近距離で見つめる涼嗣の顔に、顔だけじゃなく全身が火照っていた。

「選べって、なんだ。ていうか、あ、あー、あれだろ？　それこそ、プロポーズ、失敗したかなんんか、だよな？」

「してない。する前に破棄した。理名には許さないと言われたが、本気ならと了承してくれた。だから、ここに来られた」

だからってなんだ。どういう意味だと、眩暈《めまい》のしそうな頭を支えるため、秋祐はこめかみに手をやる。

「だ、だって、昨日で終わりだった、のに」

「なにが終わりだ」

強い語調で問われ、「だって」と困惑のまま見あげれば、涼嗣は射貫くような視線で秋祐を見つめていた。

「言い訳させてもらえば、あのときもすぐ追いかけようかと思った。じっさい、追いかけようとはした。けど、理名のことが片づくまで、おまえになにを言う権利もないと思ったから、時間が必要だっただけだ」

ちゃんとひとりになって、それから捕まえようと思った。きっぱりと言いきられ、秋祐はまた眩暈がひどくなった。

（……なんだ、それ）

一生言うまいと思っていたことを言い捨てて、涼嗣から逃げだして、まる一日自分のテリトリーでうずくまっていた。その間心を満たしていたのは、ただ終わってしまったという絶望だけで、けれど自業自得の痛みだと、なかば悲嘆に陶酔しながら、泣くことさえもできなかったのに。

「あの。理名さんと別れてきたのは、わかった」

「うん」

「でも、でもあの、なんで俺の、とこに」

「フリーになったから、秋祐につきあってくれと言いにきた。どこに、とか言うなよ。恋人でも彼氏でもなんでもいいけど、おまえにとってそういう名前がつくものに、俺をしてくれ」

誤解のしようがない言葉を告げられ、さらに頭に血がのぼった。

（なんだよそれ、こんなどんでん返し、ありなのか？）

誰かがタチの悪いいたずらを仕掛けているのではないのかとさえ思った。

おまけに腹立たしいことに、秋祐が混乱すればするほど、涼嗣は落ち着いていくようだ。ぐらぐらする頭をこらえて目をまわしていると、うっすらと笑みさえ浮かべている。

「いやか、秋祐」

「いやとか、そういう話じゃなくて。だって理名さんは、……おじさんたち、は」

あえぐように口にして、涼嗣はなんてことをしでかしたんだと、やっと実感した。すでに両家の親たちには、結婚を前提とした話が進んでいたはずだ。しかもそのお披露目《ひろめ》は、明日に迫っていたというのに。

「理名には悪かったと思う。うちの親については、予定はキャンセルだと言った。文句は言われたが、別れたものはしかたない。取り返しがつかなくなる前に終わらせてよかったと、理名にも言われた。俺もそう思う」

「だから、別れって……なんで……なんでだよ！　どうして！」

秋祐は悲痛な声で叫ぶ。あれほど涼嗣に似合いの相手はいないのに、もう二度と現れないかもしれないのに。

取り返しがつかないじゃないかと、理名の代わりにもとなじるけれど、すべてを知っていて涼嗣は、軸のずれた言葉を返す。

「さっきも言っただろう。おまえにちゃんと、好きになってくれと頼む資格が欲しかったから」

「そうじゃなくて……！　違う、そこじゃなくて！」

「それだけだ、秋祐。……それだけだから」

腕の力が強まって、骨が軋《きし》んだ。小さく呟きこんだのに、涼嗣は抱擁《ほうよう》をゆるめない。

いつでも秋祐を気遣ってきたはずの男が、そんな加減さえできなくなっている。

「ばかじゃないのか、涼嗣……」

かすれきった声で呻くと、そうだなと涼嗣は穏やかに言った。

「そうだな。俺は本当にばかだから、秋祐がいなくなることなんて想定してなかった」

「なに言ってんだ、いまさら！　保護欲と独占欲ごっちゃにして血迷うな！」

「ごっちゃにしてない。けど、秋祐に俺が血迷ってるのはもとからだ」

「意味わかんねえ、離せ！」

もう涼嗣がなにを言っているのかわからない。腕のなかで暴れても、少しも逃げられなくて、つらい。

「高校のときのあいつも、おまえにセフレがいるのも、ものすごく不愉快だ。鈍かったせいで出遅れた自分も、本当に許せない」

苦しげに顔を歪めた涼嗣が喋るたび、肩口に熱い息を感じる。ただの錯覚と言いきるにはあまりに熱のある言葉に、腕の力に、秋祐は嘘だろうとつぶやいた。

「夏葉が好きだったくせに」

「でも、べつに欲しくなかった」

アキは、欲しい。囁くような声に、ぞわりと背筋が震えることなど、認めたくない。

「理名さんとか、そうじゃなくても、いっぱい……いっぱい女、いただろ！」

「アキだって彼氏作っただろ」

雑《ま》ぜ返すくせに、本当に不愉快そうに睨《ね》めつけてくる。その目を疑うことはもはやできず、秋祐は望んでもいない悪あがきをやめるしかなかった。

「ふざけんなよ、なんだそれ！　意味わかんねえし、もう、もう……っ」

悔しいのとせつないのと、誰にともなく申し訳ないのとで、頭がごちゃごちゃになって、じわりと目蓋が熱くなった。

「ひとがこの一日、どんだけつらかったと思ってるんだ……っ」

ばかやろうとなじれば、悪かったと謝られた。頬を包んだ手のひら、長い指は目尻を拭い、そこに唇が触れる。

「なあ、頼むから、『だった』は撤回してくれ」

「……おまえが、さきに言え」

「好きだ」

迷うこともなく言いきって、涼嗣は笑った。けれどまだ苦しげな眉間の皺は取れない。それが後悔や迷いの苦しさならば、いますぐ捨てていけと言えたのに——涼嗣の目はただまっすぐ秋祐を見つめて、欲したものを得られない、確信の持てないつらさに悶《もだ》えている。

「好きだ、アキ。おまえは？」

「昨日やっと気づいたクセに、図々しい……」

潜在的に傲慢な勝者は、早くよこせとせっかちなことを言う。

「……好きだよ、くそ……なんなのおまえ。ほんと、むかつ、く……っ」

内心の複雑さを忘れきれないまま、悪態をつく秋祐の言葉が口づけに呑まれる。

唇が重なるなり、少し大ぶりな、涼嗣がかわいいと誉めた前歯が、ぬるりと舐《な》められる。驚いて身体を強ばらせた秋祐の肩は強く抱かれ、ぐっと顎が上向かされた。

「ちょっと、ま、待って……」

「いやなのか?」

問いかけておいて、涼嗣はいきなり唇を塞《ふさ》いできた。まるで、いやだと言葉にされるのが怖いかのような、強引なのに怯《ひる》みを含んだ強さだった。

秋祐の小さな舌を吸って誘い出し、口の外に出したまま、器用に舌を回転させてもてあそぶ。敏感な粘膜の先端は痺れきって、軽く嚙まれたり吸われたりするたび、じんじんと腰が疼いた。

口づけは、長かった。力強い舌が、秋祐のそれをもてあそぶのが、まだどこか信じられなくて、それでも夢なら少しでも長く味わっていたくて、広い背中にしがみつき、必死に秋祐はキスに応えた。

「……おまえ、何人知ってる」

「そっち、こそ……なにその、やらしい舌」

夢中で求めあって、濡れた唇をほどいたとたんに、揃って悔しげな声を発した。そのあと、

目を見交わして思わず苦笑する。

「ほんと、ばかだよ涼嗣」

「ああ」

「俺なんかに、つきあってくれとかまじめに言うために、ばかなことして」

筋を通したいからと、あんな素敵な女性を傷つけてまで、秋祐を追いかけるなんて。

「ばかな俺は、だめか」

「だめだよ」

言葉ではそう告げるけれども、涙の滲んだ目元をきつく、広い胸に押しつける。

そして悟った。理名への申し訳なさも、涼嗣の両親たちへのぞっとするような罪悪感も、本当に秋祐が抱えていかねばならないのだ。

ひとり想うだけなら、痛みはあっても重くなかった。けれど涼嗣を捕らえてしまったから、片恋の甘さを味わっているだけではすまなくなる。

全部捨てて、涼嗣はここに来た。捨てさせたのは秋祐で、けれどその苦い重さに覚えるものは、うしろ暗い歓喜でしかない。

「……ごめん、涼嗣」

「謝ることじゃない」

後悔はちゃんと自分で抱えられるからと、涼嗣は秋祐の言葉を遮った。そしてもう一度やわらかに、唇をふさぐ彼の背中を強く抱きしめる。

キスをほどき、目を見交わして手を握りあい、どちらからともなく温室をあとにする。

蛍は、儚い求愛の光を放って、夜を飛んでいた。

＊　＊　＊

涼嗣の運転する車で自宅へ戻るまで、お互いに無言のままだった。

乗り慣れた助手席に座る秋祐は、自分の表情がまるで色をなくしていることに気づいていた。横目に涼嗣をちらりと眺めると、彼は相変わらずの平静な顔だ。けれど心の裡まで静かなわけではないのだろう。

(たぶんちょっと、針、振り切れてる)

お互い感情が高ぶりすぎて、表情にすら出すことができなくなってしまっているのは気配でわかった。湿った夏の夜気に、車内のエアコンは稼働させているというのに、傍らにある身体が放熱しているのを肌で感じる。

温室で幾度か重ねた唇が、ひりひりと痺れている。熱に浮かされたような気分はまだ残っていて、けれど頭の片隅では、まだ疑わしさを捨てきれない。

――セフレとも切れてほしい。そういうことがしたいなら俺としてくれ。

あんなことを言った涼嗣だけれど、本当に秋祐を抱くことなどできるのだろうか。惑うまま無意識に唇を撫でていると、涼嗣がふっと息をついた。

「秋祐、煙草とって……いや、やっぱりいい」

「？　なんだよ、べつに吸っていいよ」

ふだん、自宅で煙草を遠慮してくれているのは、虫たちの環境によくないからだ。けれどいまは車のなかでふたりきり。べつにかまわないと告げると、涼嗣は苦笑いをする。

「口さみしかっただけだ。でも、家に戻るまで、さっきの感触を消したくないし」

「は……？」

なんの話だとぽかんとすると、涼嗣はちらりと横目に視線を流して、妙に艶《つや》のある笑みを浮かべた。

「自分だってさっきから、いじってるだろうが」

「え、あ、……！」

ぱっと口を押さえると、ハンドルを握った男は喉奥でくっと笑った。

「セフレがどうとか言ってたわりには、えらく初々《ういうい》しい反応なんだな」

「だっ、だって、涼嗣が……涼嗣のくせに」

「くせにって、なんだそれは」

混乱著しいまま、秋祐は意味のわからないことを言った。そしていまさら気づく。こんな、なまなましい話など、涼嗣との間で一度もしたことはなかった。

(どうすりゃいいんだ)

浅野とも、そのあとつきあいのある男とも、それなりの関係は結んでいた。やけになっていたのと若かったせいで、けっこうきわどいプレイも経験してはいる。佐伯とならシモネタだって笑いながら話せるし、自分が純真だなどと秋祐は思っていない。

けれど物心ついたときにはすでにその存在を感じていた涼嗣とは、気恥ずかしさも手伝って、その手の話をしたことは一度もなかった。涼嗣もまた、保護者感覚が抜けないせいか彼本人があまり下世話な話を好まないからか、性的な話をふってきたこともなかった。

ことに浅野の一件があったあとからは、お互いにとって性に絡んだ話はまるでタブーのようになっていたのだ。

(あ、……それで、なのか)

おそらく涼嗣が誰かと寝たあと、一度も外泊したことがないのは、そういうあからさまな事実を秋祐に知らせまいとしていたのではないだろうか。憶測でしかないけれども、ああも丸抱えで甘やかす男のことだから、無意識に気遣っていてもおかしくはない。

「……秋祐?」

「な、な、なにっ」

思いきり声が裏返って、顔がひりつくほど熱くなった。またおかしそうに笑った涼嗣は、片手を伸ばして軽く頭を叩いてくる。

ぽんぽん、ぽん。いつもと同じ仕種に安堵したあと、するりと滑った指が耳朶《みみたぶ》をつまんで、秋祐の感情は乱高下を余儀なくされた。

「そんな泣きそうな顔しなくていい。おまえが思ってるほどには、変わらないから」

「でもっ……」

「大丈夫だから。俺はなにも、変わってないだろう」

だから怖いのだとは、言えなかった。本当に涼嗣は秋祐とそういう意味でつきあう気なのかと、さっきのいまでもう不安になりはじめている。

「涼嗣、あの……」

「ああ、さきに言っておくけど、帰ったらおまえと寝るから」

性懲《しょうこ》りもなく口にしようとした「やっぱりこんなのは……」という言葉は、さらりとしているくせに逆らうことを許さない声に吹き飛ばされた。

「ね、寝る?」

「婉曲な表現でわかりづらいなら、抱かせろ。ついたらすぐだ」

今日はいったい何度、衝撃を受ければ気がすむのだろう。ぼんやりと目をまるくしたまま涼嗣を眺めていると、本当にいつもと変わりのない表情と声で、なおも言われる。

「それとも、もっとストレートなのがいいか?」

「ス、ストレートって」

「だから、セック」

「……わー！　言うな！　言わなくていい！」

露骨な単語を口にしようとした厚顔な男の口を手のひらでふさぎ、秋祐は叫んだ。勢いあまって少しばかり車が蛇行したけれど、涼嗣は怒るどころか吹きだしてしまう。

「お、おまえ、なんだその『わー』って」

「なんでもない、なんでもないけど、とにかく言うなよ！」

「言うなって言われても。さきにセフレがいるだの言ったのはそっちだろう。それはなんの略語だか、まさかわかってないわけもないだろ」

「う……」

どこまでも落ち着き払った態度の涼嗣に、秋祐は涙目で唸るしかなかった。

「で？　それはほんとに、ただのセックスフレンドなんだろうな」

「……わざわざきちんとした名称言わなくてもいいよ」

「ちなみに切れてるんだろうな？　継続中でじつは彼氏予備軍とかじゃないんだろうな、そのセックスフレンドは」

「涼嗣しつこいよ！　いまはいません！　最近忙しいから自然消滅してた！」

「ならいいが」

やけくそになって暴露したら、これもあっさりとした反応だ。だんだん情けなくなり、からかわれているのだろうかと眉を寄せた秋祐に、涼嗣はすっと笑いをおさめた。

「まじめな話だ。おまえが体調が悪いとか、そういうことならしかたないけど、ただ迷ってるだけなら、ちゃんとしたい」

「涼嗣……?」

「それこそ、がっついて焦ってるみたいでアレだなとは思うけど」

ほんの少しだけ目元に苦さを滲ませ、涼嗣は言った。

「おまえのことだから。一日でも間空けたら、やっぱりなかったことにしようって言われるかもしれんから、待てない」

ぎくりと強ばったのは、図星もいいところだったからだ。一日どころか、ほんの数十分のドライブの間で、すでに迷いはじめている。

「その顔は、もう、そう考えてたな」

「あ……」

「アキの性格くらい、わかってるんだ。逃げ場はないし、あと十分で覚悟だけしとけ」

自宅まで、もうそれだけの猶予《ゆうよ》しかない。傲然と言いきって、涼嗣は口を閉ざした。

なんだよそれはとか、昨日の今日で図々しいとか、温室でさんざん口にした悪態も、もはや喉の奥で縮こまってしまった。

（ちくしょ。そっちこそ、本性出しやがって）

さんざん甘い顔をしたくせに、やっぱり恋人には上から接するタイプだったらしい。予想していたことを実感したのは複雑でもあったが、その態度をはじめて秋祐に向けてきたいまが、嬉しいのも事実だ。

なにより、強気にえらそうに言いきった一連の言葉が、本心では秋祐の不安を拭うためのものとわかっているから、頬の火照りはひどくなる。

「……涼嗣、ずるい……」

「なにが」

「好きな男に、抱かせろとか言われて、俺どうすりゃいいか、わかんないよ」

いままでの経験などなにも役にたちはしない。両腕で顔を覆って呻くと、涼嗣はやはり笑っていた。

秋祐がダダを捏《こ》ねたり、わがままを言ったときと同じ笑いかたで、けれど目の奥にあるとろりとした光だけが妖しく揺らぐから、本当にどうすればいいのかわからなかった。

悲愴な気分でひとり飛び出したマンションのドアをくぐった瞬間、背後で施錠する涼嗣の気配に、秋祐は硬直した。

「……ま、待って」

「覚悟は決めたんじゃないのか」

伸びてきた腕が自分を捕まえようとしたため、とっさに数歩の距離を取った。涼嗣は少し不機嫌そうに眉をひそめる。男が欲望に逸《はや》っているとき特有の、苛立ちに似た気配。そんなものをまとう涼嗣にも、この状況にも舞いあがったまま、秋祐はとにかく待ってと繰り返した。

「ちが、違う。さき、風呂、入らせて」

「べつにあとでもいいだろう」

「だめだって！　女の子と違うんだから、いろいろ、あるんだ！」

かなり恥ずかしかったけれど、言わないわけにいかなかった。同じセクシャリティの人間で、その手のこともよく知っている手合いならともかく、涼嗣はいままでゲイセクシャルには縁がなかったのだ。それこそ『いざ』と及んで悲惨なことにはなりたくない。

「ちゃ、ちゃんとしたいから。頼むから少し時間、ほしい」

しどろもどろに告げると、一瞬だけ目をまるくした涼嗣は、しばし考えこんだあとにうなずいた。

「わかった。今日ははじめてだし、気持ちも落ち着かないだろうから、部屋で待ってる」

「うん。……え、今日は？」

妙にアクセントをつけられた言葉に引っかかると、涼嗣はぞくりとするほど甘く獰猛《どうもう》な笑みを浮かべた。

「俺もまったく無知なわけじゃない。だいたいどういうことをするかは、知ってる。さっきは少し、気が急《せ》いたけど」

「あ、そ……そうなのか」

まるっきり知らないわけではなかったらしい。少し意外に思いつつ、それじゃあと浴室に逃げようとすると、さらに笑みを深くした涼嗣がとんでもないことを言った。

「ただ、詳しくは知らないから。今度ちゃんと見せて教えてくれ。後学のために」

「後学……？」

なにかとても怖ろしいことを言われた気がして秋祐が立ちつくしていると、強ばった頬を撫でながら、涼嗣は囁くように言った。

「このさきも、あるだろう。今日はおまえに教えてもらうけど、俺のやりかたでちゃんと抱きたいから、それがおまえの身体に負担にならないか、知りたいから」

やさしく卑猥《ひわい》な言葉に、頭がぼうっとする。どろりと濡れた目はすぐに見透かされ、風呂に入ると言っているのに、廊下でまた長いキスをされた。

「んん……」

この日はじめて知った涼嗣の口づけは、いままで秋祐が味わってきた誰のものよりもしっくりと馴染む気がした。口蓋《こうがい》に当たる舌の動きも、噛みあう唇の角度さえもすべてがぴったりとあうようで、いつまでも甘い舌を吸っていたくなる。

涼嗣も同じようで、執拗なくらいに唇を吸ってはほどき、舌を絡めては吸いあげる。気づけば秋祐の背中をさすっていた涼嗣の大きな手は、腰のしたへと滑りおり、官能の予兆に震える尻をやさしく撫でまわしていた。

「涼嗣、けっこ、手が早い……」

「がっついてるって言っただろ。……止まらなくなるから、早く」

「う、ん」

ふらふらしながら名残惜しい身体を離し、どうにか歩き出した秋祐は、火照りきった頬に手の甲を当てた。

抱きあって気づいたけれども、涼嗣の身体のにおいは、口づけに同じく驚くくらいに違和感がなかった。幼いころからそばにいたせいなのか、それとも——血のつながりがあるせいか。

(いとこ同士は鴨《かも》の味、だっけ)

なにか雑誌を読んでいたときに目についた言葉だった。表の意味は、いとこ同士の夫婦は鳥のつがいのように仲がいいということ。そして暗喩《あんゆ》として、血の近いもの同士でセックスをするのは、怖ろしいほどに相性がよく、鴨肉のように味わい深い、のだそうだ。

父親ほどの年代の作家のコラムで、艶笑《えんしょう》ものとして書かれていたそれだったように思う。けれどまだ学生のころで、そんなジョークすら笑い飛ばすことはできず、妙にうしろめたく感じたことを思いだした。同時に、官能への想像を膨らまされ、後ろ暗い興奮をも覚えた。結ぶよりもさきに存在した血の縁は、ふたりにとって枷《かせ》かもしれない。だがそれは同時にこれ以上ない、安心でもある。

(怖い、けど)

長い間焦がれた涼嗣にああまで求められた。欲しい気持ちをこれ以上はごまかせないし、踏みだして壊れるものならもういっそ、粉々に砕かれたい。

どろりとした情欲が肌のしたを流れる血管のすべてにつまっている気がする。ルーツの近いあの男も、この痺れを味わっているはずだと思えば、熱にとろけたため息がこぼれた。

下準備のすべてをすませたあと、秋祐を自分の寝室で待ち受けていた涼嗣が強く抱きしめてくる。ごく自然に唇が重なり、迷うだけ迷って結局身につけた寝間着代わりのシャツとハーフパンツを脱がされながら、涼嗣の首筋に浮いた汗を秋祐は舐め取った。

ちらりとくすぐる舌の感触にかすかに震えて、涼嗣が笑みを浮かべる。

「俺も、シャワー浴びてくるか?」

「いいよ、もう、待てない」

肌のにおいを吸いこんで、秋祐が濡れた声で誘えば、だったらいいと涼嗣はあっさりうなずいた。

「俺も、待てそうにないから」

言いざまシーツのうえに押さえこまれた。ベッドからも涼嗣のにおいがするようで、爪先がじんと痺れる。準備をするうちに高ぶった身体をしずめるために冷たいシャワーを浴びてきたのに、覆い被さった男がすべての衣服を脱ぎ去るころには、秋祐の身体はごまかしようがないほど興奮しきっていた。

「やばいな。期待してる」

「や……」

心臓が破裂しそうに高鳴っていた。ほんの些細な言葉の刺でも壊れそうだから、意地悪な揶揄は、いまは勘弁してほしい。身をよじって細い声をあげると、さらに強く抱きこまれて耳朶を噛まれた。

「違う、俺。ほら」

「ひっ」

重なった腰を動かされて、言葉どおりの状態になっている涼嗣に秋祐は息を呑む。そのままひょいと腿《もも》を持ちあげられた動きがあまりに簡単そうで、秋祐は内心目をまわしていたが、涼嗣もまた驚いていた。

「おまえ、軽すぎる」

言って、細いばかりの脚をまじまじと見つめ、ふくらはぎから腿までを大きな手で撫でた。形をたしかめてでもいるようなそれは、さきほどまでの愛撫《あいぶ》とはまるで違う。

「涼嗣みたいに、鍛えてないんだよ」

「それは、そうだろうけど、なんだか」

口ごもり、涼嗣はずっと脚を撫でている。子どもが、不思議なモノを触ってたしかめるような無心さの滲む目に、却って恥ずかしいと思った。撫でる手に作為がないとわかるのに、息があがりそうな自分が恥ずかしい。

「なんだか、なんだよ」

「壊しは、しないかと」

真顔で言われて、全身が熱くなった。そんなにやわじゃないとか、恥ずかしいことを言うなとか、悪態はいくつも浮かんだけれども、どれもこれも涼嗣の熱のある視線に焼き殺された。

「涼嗣、お、俺で、できそう？」

「おまえ、さっきの状態知っててそれ訊くのか」

おずおずと問えば、苦笑で返された。細めた目にも、やはり見慣れない甘さが宿っている。

とろりと濡れて熱に濁った視線に、ため息がこぼれた。

「ほんとに涼嗣、俺のこと、好きなんだ」

「どれだけ確認したら気がすむんだよ」

今度はさすがに失笑される。だって、と潤んだ声をあげかけたけれども、唇をふさがれてかなわなかった。

「ん、んん」

たぶん口を開かせていると、ぐずぐずとした繰り言ばかり告げると悟ったのだろう。キスを続けたまま涼嗣は薄い胸を撫で、すでに凝っていた乳首をやさしくつまんでみせる。

「……こういうところは、触っていいのか?」

完全には唇を離さないまま、振動が伝わる距離で問われた。これは高ぶらせるための意地悪だと気づいて、秋祐は目をすがめる。

「知識、あるん、だろ……」

「あいまいにはな」

つまみあげ、捏ねるように指先で突起をいじりながら問うことではない。まして秋祐がそのたび身体をくねらせているのに、わからないふりで言葉を引き出そうとする男に腹が立ち、しがみついた首に嚙みついてやった。

「たっ」

「好きにして、いいよ……」

余裕などかけらもない。身体はひっきりなしに震えているし、実際のところ叫んで逃げるのを必死で我慢しているのだ。

やっぱりやめた――なんて言われたらどうしよう。快楽を知った身体に呆れられたら、どうしたらいい？

混乱と期待と不安で秋祐の頭のなかはめちゃくちゃで、だったらいっそもうなにも考えられないくらい、身体もめちゃくちゃにしてほしい。

「だから、俺がビビる前に、どうにかして。……お願い」

小刻みに震える腕とわななく声でせがむと、涼嗣は返事の代わりに濡れた目尻に唇を寄せてくれた。じっと見つめると、もうそこに笑いはなく、ただ欲していると伝える熱のこもった視線と、目で語ったとおりの欲を滲ませた口づけが落とされる。

「ふ、く……っ」

首筋、薄い胸。過敏な場所を探してさまよう指と舌は、肘《ひじ》の内側や脇腹、膝《ひざ》の裏まであちこちらを這いまわった。

同性を抱くのに、いっさいためらいもしない男が少し怖いと思った。本当に涼嗣は、秋祐が秋祐でさえあれば、なんでもいいのかもしれない。そう思わせる愛撫は身体のあちこちに散らされて、汗みずくの肌が痺れるまま、翻弄された。

「感じる？」

「ん、ん……そこ、好き」

ほんの少しのサディスティックな響きを滲ませた問いかけは、甘く穏やかな声でもたらされる。はじめのころこそ過剰に羞《は》じらい身をすくめていたけれど、ちゃんと教えてくれとせがむかたちで言われれば、逆らえなかった。

「秋祐、脚」

力をこめて閉じていた腿をさすられ、開くようにという命令は、膝を噛む唇で。汗ばんだそれをのろのろと動かし、一目でわかってしまう欲情を幼馴染みのいとこにさらすのは、心臓が痛いくらいに恥ずかしく、同時に興奮する行為だった。

まだ、ここには触れられていない。焦らされているのか、それともためらわれているのかはわからないけれど、ここまできて逃げを打ってもしかたないと、そんな自棄まじりの気持ちもあった。

そっと腿の内側を撫でながら、涼嗣は秋祐のそれをまじまじと眺め、「……ふうん」と小さく笑った。よりによってその反応はなんなんだと、興奮に切れ切れの息を吐きながら秋祐は眉をひそめる。

「なん、だよ。ふうんって」

睨むけれど、すでに泣きそうな顔をしているいま、なんの迫力もあったものではないだろう。案の定涼嗣はおかしそうに笑って、汗に濡れた頬をついばんだ。

「なんだよ、ごまかすなよ。なんだったんだよ！」

「言ったら怒るから言わない」

「よけいむかつく……っあ！」

髪を梳《す》いたついでのように耳朶をつまんだ男は、反対側の耳をぱくりと噛んだと同時に秋祐の性器を握りしめた。ひゅっと鋭く音を立てて息を呑むと、なんのためらいもないどころか、妙に手慣れた動きでそこを揉《も》みしだいてくる。

「あ、あ、あ、あっ」

「やっぱりな。……いい？」

「い、けど……いいけど、やっぱり、て？　さっきのも、なに……ぃっ」

少しは躊躇《ちゅうちょ》しろと言いたいくらい巧みに追いあげられる。手のなかにすっぽりくるまれてしまうことも、指が動くたび濡れた音がするのも恥ずかしくてたまらないのに、涼嗣は妙に機嫌のよさそうな顔で秋祐の身体と顔を眺めている。

「言って、涼嗣、教え……っ、あ、気になるっ」

「じゃあ言うけど、怒るなよ」

「いい、から、なにっ」

引っかかって気が散るとわめくと、喉奥で笑った男は肩に歯を当てながらごく小さな声でつぶやいた。

「こうするのに、ちょうどいいサイズだと思ったんだ。……ほら」

「――……っ！」

全部手のなかに入って、かわいい。そこだけ声をひそめられ、秋祐は全身が赤くなる。

無言で肩を殴ってやると、痛みに顔を一瞬しかめた涼嗣は「やっぱり怒った」と眉をひそめたまま笑うから、さらに二発ほどお見舞いしてやった。

「ごめん、怒るな。ばかにしたわけじゃないから」

「うるさい、うるさい！　も、もうちょっと、情緒とか、雰囲気、とかっ」

なにも夢見がちな子どもではない。甘ったるいばかりのセックスをしたいわけではないけれども、涼嗣はいくらなんでも開き直りがすぎると思う。

「しかたないだろう、かわいいんだ」

「またふざけて……っ」

跳ね起きて殴りかかった腕を摑まれて、もう一度抱きこまれてしまう。もがいた身体を押さえこまれ、つむじに口づける涼嗣に嚙みついてやろうと口を開くと、不意を突くように低く甘い声を落とされる。

「そうじゃなくて、本当に俺は、おまえがかわいいんだ」

「なん……」

「ふざけてもしないと、やばい。本当は、さっきみたいなこと考えたわけじゃないし」

胸に顔を押しつけ、抵抗をふさぐように抱えこんでいた体勢から、少しだけ腕をゆるめられる。どういう意味なのだと上目に見つめると、せつないような、苦しげな顔をした涼嗣が額をあわせてくる。

「なあ、舐めたりするの、いやか」

「……っ」

「どこまで、どうしていいんだかわからない。本当に好きにして、おまえ逃げないか？」

これがさきほどまでのからかいを滲ませた声なら、なんとでも言えたのだと思う。けれど。

「俺が好きなように、いやらしいことをしても泣かないか？」

言葉はとんでもないのにどこまでも誠実そうな真剣な顔で、こんな土壇場で問われて、なにを言えばいいのか本当にわからなくなった。

「俺のことがずっと好きだったって言ったよな。そういうの想像したこと、ある？」

想像を一度もしなかったとは、ごまかすためでも言えない。けれど肯定することは、それ以上にできない。

「アキ？　どっちだ？」

「ひ……や……」

秋祐はただ涼嗣の問いにと細い泣き声をあげ、くしゃくしゃの顔でかぶりを振るしかできない。否定してみせたのに、目を細めて笑った男が「あるんだな？」と重ねて問うから、ますます秋祐は首を振る。

「黙ってたら、そのままする」

「こ……答えたら、しない？」

「想像したとおりにしてやるから、ちゃんと教えろ」

どっちにしろするんじゃないかと、雑ぜ返す余裕などなにもなかった。ただ言葉で高ぶらされ、ずきずき疼くそこが、破裂するんじゃないかと思えて怖い。おまけに問いかける間中、くすぐるようにずっと涼嗣が触るから、もうまともなことなどなにも考えられない。

「も……さっき、言っただろ……っ」

好きにしていいって、何度言わせる。声にならないくらいかすれきった言葉は、それでも鼓動が伝わるほどの近さで肌が触れている涼嗣になら届くはずだ。

「気持ちよくして、って言ってみな」

「きもち、よ……して」

結局は言いなりで、まわらない舌でせがみ、秋祐のほうから抱きついた。

見つめあって、もう一度キスをしたあと、両脚を抱えこまれた。そして身体のあちこちに唇を押し当て、舌を這わせた男は、もう言葉も遠慮もないまま秋祐のそれをぬるりと舐める。

「ん、あ……っ」

腰が跳ねて、反射的に腿が閉じようとする。広い肩に阻《はば》まれ、内腿に感じる涼嗣の髪や、ふくらはぎにあたる肩の骨の硬さが秋祐の惑乱をひどくした。

身体のいちばん脆いところが、ぬめりのある空間に吸いこまれている。こんな行為ははじめてのはずなのに、どこまでも大胆にそれを舐め、啜《すす》りさえしてくる涼嗣の愛撫に、秋祐は乱れるしかなかった。

「あ、あ……っ、あ、だめ、や……っ」

「んん？」

「嘘だ、こんなの、うそ……っあ、あん、あ、や……っ」

うわごとのように、うつろな声でつぶやくと、嘘じゃないと教えるためにかきつく吸われた。そのあと顔を上下され、激しくなる音にも刺激にも「あ、あ」とあえいでいた秋祐は、汗だけではない体液に濡れた肉の狭間に硬いものを感じる。

（え……？）

ゆっくりと尻を揉んでいた涼嗣の指が、そこに侵入しようとしていた。それだけでも驚いたのに、べろりと大胆に全容を舐めた舌が這いあがり、段差をかするように吸ってくる。

（え、え、え。なに、して……）

あげく、根本のふくらみをねっとりと揉みながら敏感な先端にそっと歯をあて、粘液をこそぐように動かされて、恐怖と紙一重の快楽に全身が粟立った。

「ひ、あ——……！」

「お、っと」

悲鳴をあげた秋祐が脚を暴れさせ、淫猥《いんわい》な愛撫が中断される。蹴るなと逃げた涼嗣の口元がねっとりと濡れているのも、それを指で拭う仕種も直視できず、秋祐はうわずった声をあげてベッドのうえをあとじさった。

「な……それ、なに、す……っすんだ、よっ」

なにかとんでもないことをされた。脚をまるめて身体を縮めたまま秋祐が問うと、涼嗣は平然としたまま問いかけてくる。

「よくないか？　あれ」

「ど、どこであんなん、覚えて……っ」

涙目で問いかける秋祐に対し、口をつぐんだままにやりと笑った涼嗣の表情が、すべての答えだった。

「りょ、涼嗣、最悪……」

「なにがだ？」

「なん、あんな、風俗真っ青のやりかた、なんだよそれ!?」

そういえば涼嗣は『する』ほうはともかく『される』ほうについては経験が豊富であったことを思いだした。たいがい女の切れ目がない男だとは思っていたけれども、見た目の清潔さは表面だけの話で、こなした数のぶんだけ、テクニックは身につけているということなのだろう。

「だから言っただろ。俺のやりたいようにやって、逃げないかって」

「いやだ、やっぱり逃げる……っ」

「もう遅い」

じたばたともがいてみても、さんざん快楽の火種を植えつけられた身体はうまく動かなかった。脚はもつれて、むしろ暴れた動きを利用され、うつぶせのまま思いきり脚を拡げられてしまう。

「全部俺によこせ、アキ」

「怖い、やだ」

「いまさらだ。怖がっていいから、怯《おび》えるな」

「意味、わかんな……あ、あっ！」

押さえこまれた下肢《かし》に、ぬるりとした指が触れる。いつの間にローションなど用意したのかと目をまわすけれど、それよりなにより、不安に思ったのがばかばかしくなるくらい大胆に急かす指が、本当に怖かった。

「やだ……涼嗣、や……」

「ん、大丈夫。痛くないだろ」

「いや、やぁ……いれないで……」

「それは聞かない」

甘いようでいて、最終的には自分の言うとおりにさせる涼嗣特有の傲慢さは、ここでも発揮された。そして秋祐の身体とつながるための場所に触れることもいっそ楽しげに、そして秋祐が感じるさまをこらえることだけは少し不服そうにしながら、根気よく涼嗣は続けた。

痛い、怖いと怯えるだけの子どものままでいれば、たぶん引いてくれたのだろう。けれど指が深くを探るたび、我慢できずに漏れる声やくねる身体の反応が、涼嗣の甘いいじめをエスカレートさせていく。

「んん、んー……！　も、も……っ」

「もう？　なに？」

そしてついには強請《ねだ》る言葉を発するところにまで追いこまれ、泣きじゃくって悶えた秋祐はみずから仰向けになって脚を開き、腰を高くあげた。

「いれて、も……いれて……」

引きずり出された言葉の代わりに与えられたのは、苛《さいな》んだことを詫びるようなやさしいキスと、待ちこがれ続けた彼自身だった。

「ん、あ……あ、あ、あ！」

重なった瞬間の強烈な愉悦《ゆえつ》は、経験のないほど鋭くて、少し怖かった。涼嗣は挿入する間中、ずっと秋祐の顔を眺め、無言のまま口づけを繰り返していたけれども、おおよそをおさめきったところで深々と息をついた。

「……な、に？」

複雑な感情を孕んだそれにどきりとする。なにかおかしいことがあったのだろうかと不安になって見あげたさき、涼嗣は痛みをこらえるような顔をしていた。

「涼嗣……?」

「ごめん、ちょっと」

なにがごめんなのだろうか。わからないままおどおどと上目にうかがっていると、長く強い腕が痛いほど身体に巻きつき、きつく抱きすくめてくる。

「これで俺のだ、アキ。逃げられないから」

安心したように、ほうっと息をついて涼嗣がつぶやいた。勝手なようにも、傲慢なようにも聞こえる言葉なのに、なぜだかそれは、やさしかった。

「……うん」

小さく答えると、涙が出た。痛みでも快楽でもなく、いろんなものがまじりあった涙だった。長いこと、手に入れることをあきらめていた男を、いま捕まえてしまったのだと実感した。小さな箱庭、ビオトープ。ふたりきりで完結する世界に、涼嗣を閉じこめてしまった。申し訳なさとうしろめたさ、忘れきれない怖さがまじって、けれどそれらマイナスのすべてを凌駕するような歓喜に包まれたまま、秋祐は涼嗣の身体にしがみつく。

それを合図にしたかのように、涼嗣の、秋祐とはまるで違う力強い腕に、細い身体は深く奪われて、揺さぶられた。

「ん、う、う……っ」

身体の一部分でつながって、快楽をまぜあわせる行為が、どうしてこんなに全身を汗にまみれさせ、脳まで揺さぶるほどになるのか。

「い……もう、いい、だめ」

「……いく?」

「うん……」

身体をつなぐまで、慎重にすぎるほど高められたせいか、到達の予感は早かった。あまり長くもたないと訴えると、涼嗣はやさしいけれども獰猛な笑みで「俺も」と答えた。

熱いぬかるみで快楽をくるみ、震えながらこすりつけあって、弾ける一瞬をともに追う。

お互いに、他人の肌を知っている。けれど、身内の肌は知らなかった。これも血の近さだろうかと考えると、怯えに似たものが走るけれども、それすらも快楽を煽った。

触れられて感じるという身体の快楽機能は、いくつかの過去で熟成し、いまのこの瞬間を最高潮と錯覚させる。

そしてこの錯覚は、おそらくは消えることなく胸にくすぶるのだろう。

もう、と秋祐は声をあげた。涼嗣は小さく呻いて、ぐっと腰を押しつけてくる。

はじけ飛ぶ一瞬に目をつぶると、目蓋の裏には光が泳いだ。

涼嗣へと捧げ、やわらかに夜を飛ぶ蛍のようなあわい光は、降り積もった恋のうえをゆるやかに漂い、やがてすべてをその輝きで白く塗りつぶした。

＊　＊　＊

破談になった三日後、涼嗣は佐伯にいつものバーへと呼び出された。

【時間あったら、ちょっと飲み行かない？】

いかにも他意はないと言いたげなメールの文面だったが、話したい内容は察しがついていた。情の厚い佐伯のことだから、理名とのことを知ったらたぶん、心配するか彼女の代わりに怒るかといった反応は予想できた。

おまけに酒の席とくれば、絡まれるだろうという覚悟はしていたし、自分と彼女の間に立たされた佐伯の心情もわかる。おとなしく絡まれてやるつもりだったのだが、彼はなかなか本題へ入れないらしく、しばらくは当たり障りのない話しか仕向けてこなかった。

ぐずぐずと酒を舐め、店に入ってから三十分以上も沈黙したのちに、彼はようやくその話を切り出した。

「……おまえ、なんで別れちゃったのよ」

強引で勝手に見せかけつつ、こういう場では案外気を遣う男だと、涼嗣はおかしくなる。他人の疵《きず》に障る話となれば、なかなか言いだせないひとのいい友人が微笑ましく、それだけに申し訳なくも感じた。

「理名から聞いてないのか」

「話すと思う？　彼女が」

　思わないとかぶりを振ると、ため息をついた悪友は、なぜかひどく肩を落としていた。

　いつぞやは、理名も涼嗣も「ドライすぎる、情緒がない」だのと難癖をつけてきたくせに、まるで自分のことのように心を痛めるのだ。こんな男と長年つきあえているのは、心底ありがたいと思いながら、あまりに落ちこむ佐伯に涼嗣は苦笑してみせるしかない。

「なんでおまえがへこむんだ」

「ていうか、なんでおまえはそうも、さっぱりしてんだよ！」

　わかんねえ、と呻いた佐伯が言うには、破談になった理名はそのまま、社内で企画されていたプロジェクトリーダーの話を受けたのだそうだ。

「こうなりゃ出世してやるって、鬼気迫る勢いで仕事してんだよ……」

　眉間に皺を寄せた佐伯のぼやくような言葉は、理名を純粋に案じると言うより、どこか疲れを含んで聞こえた。涼嗣は、はたと気づく。

「ああ、もしかしてそのせいで？」

「営業も協力しろっつって、ものすげえ勢いで仕事ふってくるんだよ！　なんでおまえはあの子を嫁にしておいてくれなかったんだ！」

　わめかれて、それは悪かったと苦笑しながらも、前向きにまっすぐ進んでいる理名の姿を知れて、ほっとしたのは事実だ。

理名について、涼嗣はもはや心配する権利すら持たない。彼女の聡明さは、三年のつきあいで充分に知っていたし、おそらく余計なお世話だと彼女も言うだろう。案じる気持ちも傲慢な思いやりでしかないと、理解しているが、感情はやはり少しだけ軋む。

「……で、なんで別れたわけ」

ひとしきり仕事の愚痴を述べたあと、ひと息にグラスを干して佐伯は話を蒸し返した。絡み酒を装ってはいるけれど、目を見ればまったく酔っていないのはわかる。

「心配かけて、悪いな」

涼嗣は苦笑を浮かべたまま告げる。真摯な目を向ける佐伯の情に感謝の念はあるけれども、ほかに言える言葉はなかった。はぐらかしたと感じたのか、佐伯は鼻白んだ顔になる。

「そう思うなら、言えよ。俺はどっちも友だちなんだよ。やなんだよ、なんか……もう会わないから、佐伯くんも涼嗣の話はしないで、とか言われてさあ」

「悪い」

それでも言えないと、涼嗣は目を伏せたまま笑った。穏やかなその表情には、追及は無駄だと思い知らせるだけの効果はあったらしい。なかば諦めのため息をついた佐伯は、すでに言葉遊びと化した問いを投げてくる。

「……じゃあ、さあ。アキちゃんは知ってんのか？　理由」

「いや。あいつも知らない」

「ちぇ。マジで秘密かよ」

しらっとした顔で嘘をつく。苦い顔をした佐伯に対し、なけなしの良心は痛むけれども、それくらいは酒と一緒に飲みくだしてしまえばいい。

佐伯のことは、信頼している。おそらく秋祐とのことを打ち明けても、多少は驚くかもしれないけれど、いずれ理解してくれるくらいの懐の深さがあることはわかっていた。

(でも、言わない)

涼嗣は秋祐のためなら、人生のうちで、おそらくもっとも信頼できる人間のひとりである佐伯にさえ、笑ったまま嘘も平気でつく。誰かを裏切ることも、必要であるならばするだろう。

それくらいの覚悟がなかったら、秋祐にすべてをよこせなどと言えなかった。彼がいまだ抱えこんでいるだろう罪悪感もなにもかも、自分が背負う覚悟くらいはある。

この手に捕らえた秋祐は、あのあわく光る蛍のように臆病なところもある。

秋祐はいまの状況にも、まだ完全に納得しきってはいないはずで、いろいろと思い悩むことは多いだろう。だからこそ、なにも知らない佐伯とは、わずらうことのない友人でいさせてやりたいと思う。

(まあ、それも秋祐次第、だが)

秘密をこらえきれず打ち明けたいと言うのなら、それも秋祐の選択に従うつもりだ。

涼嗣にしても、なにかが変わったつもりはない。恋人のポジションを得て、そのうえでいままでどおり、兄のように友人のように、あれを甘やかすのだと決めている。

長くさなぎのまま眠っていた恋を、なかば無理やりに羽化させた。その責任は、涼嗣の全力でもって取るつもりはあるのだ。

逃がさないと告げた言葉を、その重さをどこまで秋祐が理解しているのかはわからない。けれど、なにも欲したことのない涼嗣の本気は結局すべてあのいとこへと帰結していると、もう気づいてしまった。

(覚悟をつける時間だけは、やるつもりだから)

甘い糸で絡めとられて、閉じこめられることだけはあきらめてくれと、涼嗣はそっと笑った。

重厚なドアの開く音がして、もうひとりの待ちあわせ相手が姿を現す。

「おー、アキちゃーん。こっちこっち」

「呼ばなくてもわかるって」

さして広くもない店だろうと苦笑しながら近づいてくる秋祐と、涼嗣の視線が絡む。

ほんの一瞬、佐伯からは見えない角度で指先を触れあわせたあと、おおらかで明るい、気遣いの細やかな友人を間に挟んで腰かけた。

「仕事、終わったのか」

「うん。なんとか片づいた。……えっと、ストリチナヤ凍らせたやつ、ありますか?」

「なんだアキちゃん、今日はのっけで強いのいくね」

佐伯が驚いた顔で傍らの秋祐をまじまじと眺める。明日は休みだからと秋祐は笑った。屈託のない笑みは、いつもとなにも変わらない。

(心配するほどでも、なかったか)

いまさらながらの感心を覚えるけれど、昨夜はあれだけぐずったくせにとおかしくなった。

――佐伯と三人で？　飲みに？　……それって、どうだろ。

この夜の誘いを受けたとき、秋祐は複雑そうな顔でつぶやき、あからさまに乗り気ではなかった。だがいずれ顔をあわせる機会は来るのだからと、説得したのは涼嗣だ。

――いつまでも避けてはいられないだろ。誘ってくれたのもいい機会だろう。

なにか気まずくなっても、フォローしてやると引っぱり出したのに、実際には秋祐のほうがよほど如才なく振る舞っているように思える。

仕種や言葉遣いだけは子どもじみてみせるけれど、まるで幼い顔で笑うけれど、ストリチナヤをたしなむほどには大人だ。そもそも、涼嗣への思いを長いこと隠しきるほどにはしたたかな面もあるのだ。それこそ秋祐が見た目通りではないことなどいちばん知っているはずなのに、やはりもっとも目がくらんでいるのは涼嗣なのかもしれない。

(結局は、俺が過保護なのか)

ため息まじりに苦笑を浮かべるが、にこやかに佐伯と話す秋祐は気づいた様子もない。

いまは屈託のない笑顔でいる彼が、艶冶《えんや》にとろける瞬間を知った。

少年のように不安定な心もしたたかなおとなの強さも、どれも本物の秋祐だ。くるくると変わるすべて、甘く微笑み、顔を歪めて泣き、苛立ち目をつりあげる様のすべては、ひとつとして欠くことなく涼嗣のものだ。

さまざまな表情を内包する秋祐そのものを、ただいとおしいと思う。

「教授が、お勧めの飲み方だって言ってたんだよね。それに俺、ワインとか日本酒より、ジンとウォッカのほうがあと引かないから、楽なんだ」

無口なマスターが、小さめのグラスを差し出した。ガラスも冷やしてあったらしく、磨りガラスのように白くなっているそれを軽く揺らして、秋祐は「へえ、ほんとだ」と目を輝かせる。

「なにがほんと？」

「これ、ほら。いいにおいするって言われたんだよ」

言われて、涼嗣もグラスに顔を近づける。

アルコール度数四〇度のウォッカは、凍らせても固形にはならない。とろみを増したそれは、たしかに独特の香気を放っている。

「ま、とりあえず乾杯」

「なにに？」

「涼嗣の破談にー！」

蚊帳の外で面白くないとふくれた佐伯が、やけくそのようにグラスをかかげる。苦笑して目をあわせ、涼嗣と秋祐もグラスをあわせた。

りんと響いた凍るアルコールからは、ふわりと花の香りのような甘いにおいがした。

END

夏花の歌

夏は盛りを迎え、刺すような日の光がもっとも肌近くに感じられる時期だ。

東京から車で数時間の距離に位置するその町は、いささか時代に取り残されたような気配が強かった。開発の進んだ駅前周辺はべつにしても、中心部からほんの三十分も車で走れば、そこかしこに昭和のにおいが漂うようだ。

地元に戻ったのは何年ぶりかと、次第に濃厚になる緑を眺めつつ考えていると、隣からはふてくされきったぼやきが聞こえた。

「あ、つーい……」

助手席で呻《うめ》いたいとこ、蓮見秋祐《はすみあきひろ》の声に、袴田涼嗣《はかまだりょうじ》は片頰で笑う。

「クーラーかけてるだろうが」

「そうじゃなくて、日が当たって熱いんだよ」

たしかに、と涼嗣はうなずいた。走る車の窓から入りこむ日差しは、夕刻になっても都内の粘ついたそれとは違い、突き刺さるほどに烈《はげ》しい。

ことこの八月の猛暑で、日暮れてなお、噎《む》せるような熱気があたりを包みこんでいる。いかに体力に自信のある涼嗣でさえ滅入るものがある。

また、秋祐の機嫌の悪さは暑さのせいだけではない。この盆は先代の七回忌法要《かいきほうよう》が重なり、ひさかたぶりに親族一同が集まることになっていて、そのことも車中の空気を重くしていた。

むすっとしたまま、秋祐が東京を出るなり繰り返した文句をまた口にする。

「どうせついたら宴会だろ。今日のうちに帰れるのかよ。どうせ親戚一同、みんな泊まるんだろ？」

「無理だろうな。だがまあ、母屋じゃなく離れのほうならまだ気楽だろう。なんとかそっちに逃げこめるようにするか」

少しは我慢しろと受け流すと、秋祐はさらに不機嫌な顔になった。

「だから来たくなかったのに……」

「はいはい。もう何回も聞いた」

苦笑まじりの涼嗣の声に、秋祐はまだぶつぶつと言ったけれど、すべて聞かないふりをしてやった。

「涼嗣だって出張明けたばっかじゃん。休みたかったんじゃねえの？　てか、なんで盆休みに帰省なんだよ、学生じゃあるまいし」

「学生のころのほうが、よっぽど帰ってないだろうが」

大学生のころには東京との距離の遠さにかこつけ、なんだかんだと理由をつけてこの寄りあいから逃れられたものだが、三十を手前のいまとなっては、さすがにいやとも言えない。

ぐずる秋祐を助手席へと押しこみ、なつかしい土地を訪れたのは、無用の詮索《せんさく》やトラブルを回避するためでもあるのだ。

「あのなアキ、あとになって電話でねちねち怒られたいなら、残っててもよかったんだぞ」

無言で顔をしかめた秋祐は、おそらくこのあと待っているだろう自分の父親をはじめとする親族たちの質問攻めを想像したのか、うんざりしたように顔をしかめた。

涼嗣にしても、今回の訪問には少しばかり緊張を覚えている。いままで連れだって実家に戻ったことは何度もあったが、まだ周囲に知られる前とはいえ結婚の破談、そして親戚であり同性である秋祐と、そういう仲になってからの初帰郷なのだ。

涼嗣自身は、関係性の変化などべつに見てとれるわけでもなし、しらっとしておけばいいと思っている。だが秋祐はこの日の段取りが決まって以来、どことなく不安げで、不機嫌だ。

「だいたい、夏葉《なつは》ちゃんのこともあるだろ。おまえがすっぽかせる立場か」

「……そりゃ、そうだけど」

ぎりぎりまでしらを切り通そうという腹積りであった彼にしても、この集まりが、姉の夏葉の婚約お披露目を兼ねているとなれば、足を運ばない訳にはいかなかった。

ややシスコンの気《け》も感じられる蓮実家の長男は、そんなこんなで少々涼嗣の目にはナーバスな様子に見えた。

ふいとそっぽを向き、腕を組んで目を閉じる秋祐に涼嗣は「こら」と告げた。

「寝る気か？　あと二十分もないぞ」

「……誰が疲れさしたんだよ」

ぼそりとつぶやくのは、気まずさと怒りが半々というところだろう。昨晩も今日の話でなだめすかすうちに、なんとなくベッドにもつれこんだおかげで身体のほうも少しだるいらしい。

夜のことは共同責任だろうとは思うけれど、身に覚えのある男としては、険のある声も苦笑して流す以外にない。

時間が止まったかのような町の様子を眺めながら、ステアリングを切る。あおあおとした木々の隙間から、光がこぼれていた。


たどりついた袴田家の駐車場は、すでに親族ご一統の車で埋まっていた。しかたなく、砂利《じゃり》のしかれた勝手口前の空きスペースに車を乗りあげる。

庭先には、真っ赤に咲く百日紅《さるすべり》。夏らしい姿だと涼嗣が目を細める。

音で気づいたらしい住みこみ家政婦の石倉澄江《いしくらすみえ》が、ふたりが玄関に入るより早く、出迎えの姿を見せた。

「まあ、まあ、おかえりなさいまし、涼嗣さま、秋祐さま。お参りのほうは？」

「吉原《よしわら》の菩提寺《ぼだいじ》には寄ってきたよ。ひさしぶりだね、澄さん」

「おふた方ともお元気そうで、なによりですよ。さ、こちらへ」

うながされ、あとについて歩きながら、涼嗣は数年前よりさらに白髪の目立つようになった、澄江の小さなうしろ姿を眺める。

澄江には祖父の代から家の中のことを手伝ってもらっている。彼女はもう七十を超えているが、つれあいを戦時中に亡くし、以来ずっとこの家にいる。

袴田の家は古くは付近では名の知れた地主であり、涼嗣の父、幹恒《みきつね》の子どものころまでは、昔で言う『お女中さん』がさらに複数人いたそうだ。

祖父から会社を受け継いだ父や共同経営者として忙しい母の代わりに、幼いころより兄弟の面倒を見てくれたのは澄江だった。昔気質《かたぎ》の女で、いくら涼嗣や兄の征夫《まさお》が「時代錯誤だ、さまづけは止《よ》してくれ」と言ったところで聞かなかった。

――幹恒さまも、征夫さまも涼嗣さまも、秋祐さまも、私の大事なおぼっちゃまですから。

日焼けした、働き者の澄江にそうして笑われると、面映《おもは》ゆいような不思議な安堵があって、苦く笑いつつも、もう慣れてしまった感もある呼び名だ。

重厚な造りの袴田家の本宅は、曾祖父の代からのもので、所々に建て増しや、ガタのきた窓をサッシに取り替えた以外は、いまどきめずしいくらいの純和風な家屋《かおく》だった。

母屋の奥にある仏間は、エアコンがなくとも凌《しの》げるほどに涼しい。仏前に線香をあげたあと、涼嗣と秋祐はすでに集まった親族の前に連れ出された。

「遅くなりまして申し訳ありません。ごぶさたしております。涼嗣です」

作法どおりにふすまを開け、一礼したとたん、酒のにおいが鼻につく。取り急ぎ、父と兄に簡単な挨拶《あいさつ》をすませたとたん、赤ら顔の男が声をかけてきた。

「おお、来たかー、涼嗣。こい、こい」

「はい、失礼いたします」

如才《じょさい》なく微笑みつつちらりと秋祐を見れば、さっさと叔父《おじ》たちのほうに逃げ出していた。こういうときの逃げ足は、むしろ分家筋で相手にされないぶんだけ、秋祐のほうが早い。

すでにできあがった親族の男連中に、つぎつぎと注がれる杯《さかずき》。少々辟易《へきえき》しながらも、度を越さないよう気をつけつつ、唇を湿らせる程度でつきあう。

「なんだ、もっといかんか」

「はは、お手やわらかに」

酔いのまわった相手に溢《あふ》れそうな勢いで酌《しゃく》を受け、涼嗣は苦笑した。酒には強いほうではあったが、このまま潰されたらなし崩しで母屋に泊まる羽目になる。夜半までつきあわされるのは勘弁願いたい。

適度なところで切りあげるタイミングを測りつつも、本家の次男としてのつとめを果たすべく、その赤ら顔の向ける杯を甘んじて受ける。

次男のつとめ――とは要するに、『言いたい放題の親戚らに対して、とにかく愛想をふりまいておく』というものだ。

「まったく、気楽なもんだな。東京で株屋なんぞして」

はあ、でも充実した仕事ですので。

「戻ってきて、征夫の助けをするつもりはないのか？」

「まだひとりか。夏葉も婿《むこ》をもらうしなあ。ちゃんと身を固めて、落ち着いたらどうだ」

いえ、まだまだ、若輩《じゃくはい》ですから。

好き勝手言う連中に、それでも涼嗣は笑い続け、強引に向けられる杯も次々と干した。正直、自分がくさされることなら、どうでもいい。だが、さすがに次の発言には顔がひきつった。

「おまえもよくできた男だから、長男ならこの家を立派にやっていけただろうが」

「次男で気楽にしていられるのだから、征夫に感謝しろや。あれも、まあまあ、凡庸《ぼんよう》なわりには、頑張ってるからな」

げらげらと笑いながら言う相手には、さすがに涼嗣の笑顔のストックも切れそうになった。

「……今後とも、兄のお引き立てをお願いいたします」

そう言って微笑んだのは、ひとえに長年培った、強固な理性のおかげだっただろう。

「なんだあ、涼嗣。どこ行く」

「すみません、飲みすぎましたので」

宴たけなわとなり、相手が少々覚束《おぼつか》なくなる頃合を見計らって、小用で、と言い訳して席を立つ。ひとたび姿が見えなくなれば、めいめい勝手に盛りあがるだろう。

「ふう……」

酒席を逃れ、澄江が磨きこんだ板敷きの廊下に出る。近場にいて、出入りする誰かに捕まえられてはかなわないと、涼嗣はその場をあとにした。

庭に面した縁側にたたずみ、ネクタイを緩める。ここ数年、めったに戻ることのなかった生家は、手入れのいい庭もたたずまいも、なにひとつ変わっていない。

母屋の大座敷からは、いまだにぎやかな声が聞こえていた。

そぞろに鳴く虫の声さえ掻《か》き消すような大きな笑い声は、恰幅《かっぷく》のいい窪田《くぼた》の大叔父のものだろう。

（元気なことだ）

苦笑してマルボロに火をつけた涼嗣は、疲れた肩をほぐし、あからさまに顔を歪《ゆが》めてため息をついた。

うるさがたの親戚の手前、品行方正に振る舞うことに慣れてはいるが、あの場にいるだけでストレスはたまる。

本家次男として『顔』をつなぐだけでなく、それなりの愛想もまかなくてはならないのは、のちのち仕事にどう関わってくるものかわからないからだ。素封家として古い袴田の家は探ればそちこちの地方財閥筋だの、地場産業に関わる会社の社長筋だのに連なっている。

互いに社会に属する身として必要だと思うから我慢もする。毎度のことで慣れてもいるが、疲労を覚えるかどうかはべつの問題だ。

（親戚ってのは、なんでああも無神経の塊なんだか）

すでに無礼講と化してはいたが、上座のほうには兄もいた。だというのに、周囲は『涼嗣が長男なら』といったことを考えなしに発する。

聞こえてはいまいかとひやりとしたが、あちらはあちらでにぎやかにやっていたらしく、様子をうかがう気配もなかった。

(まあ、聞こえていたところで、顔に出すようなひとたちでもない)

それも兄が長男として否応なく培わされた度量の広さなのだろう。

座敷に入るなり、兄たちと交わしたのは「戻りました」「うん」という短いにもほどがあるやりとりだ。つい先日、結婚話が流れたばかりで、涼嗣にしてもあまり長く話したくもないけれども、理名《りな》との件がこのうるさがたに広まる前でよかったとしみじみ思った。

家制度など死に絶えてひさしいが、地方にはいまだしっかりと、長男と次男の格づけはある。まだ、その時代に生きたひとびと――祖父母や大叔父などが、かつて自分たちに植えつけられた『常識』を跡取りへと受け継がせんとするからだ。

おかげで幼いころから、本家長男という立場の征夫は下にも置かない扱いを受けていた。そのぶん、プレッシャーもすさまじかったことだろうと思う。

涼嗣が東京で仕事をしていられるのも、彼がこの家にいてくれるお陰だという感謝の念はあるし、互いに思うことはこれといってない。だが周囲はそれを放っておいてはくれないのだ。

(これだから、兄貴との仲が微妙なんだ)

次男の立場は気楽どころか、心理的には負担が大きい。ですぎず、ひっこみすぎず、兄より目立たないように振る舞いつつ、かといって存在感が薄くてもいけない。

(基本的に、俺の立場っていうのは、要求が矛盾してるんだ)

これ以上どうしろというのかと、ぼやきのひとつも口にしたくなる。だが繰り言はあまりに情けないしむなしい。代わりに涼嗣は、愛飲の煙草を吹かし続けた。

鴨居《かもい》の高さを越えるほどの上背のある涼嗣は、長い腕がそこいらにぶつからぬように軽くのびをする。純日本家屋では、ただ立っているだけでも狭苦しいし、天井の圧迫感がひどい。

こんなことでですら、つくづく『ここ』に自分はあわないと実感して、苦笑いが浮かんだ。同時に、ため息が漏れる。

(田舎ってのは、どうしてこう、やることなすこと大時代的なんだ)

慣例、因習といったものを重んじて、変化を厭《いと》う体質は、おいそれとは変わらないらしい。日常を東京ですごす涼嗣にとっては、もはや故郷は異空間にも等しかった。

というよりも、この土地に十八の歳まで暮らしていたころからも、どこか違和感はつきまとっていたように思う。ときどき、空気の違いを肌身に感じて、なぜだか背中のあたりがふと寒々しいような、そんな覚えのない感覚に戸惑っていた。

抜きんでた能力はときに、力不足のものよりも孤独だということを、そのころから涼嗣は知っていた。どこにいても浮きあがる自覚があるだけに、どうしようもないものがあった。

(まあ、それでも澄さんの顔を見に来たと思えばいいか)

ため息をついて、どうにか自分を納得させるしかない。

――もっと、ゆっくりでいいんですよ。

妙に達観していた涼嗣に、いつもそうやさしく告げていたのは、幼いころから涼嗣を育ててくれた澄江だった。

――なんでもひとりでおできになるからって、そう急ぐことありゃあしませんよ。時間は、いっぱいあるんですからねえ。

少年らしさの欠けた次男坊を誰もが持て余すなか、「のんびり遊びなさいな」と澄江は微笑んでくれた。どうにかこうにか、ひととして欠けるところの少ない男に成長できたのは、当たり前の子どもとして扱ってくれた彼女のおかげだと、涼嗣は思っている。

かなりの距離を車で移動したため、いかな体力に自信のある涼嗣でも少しこたえている。

つい先日まで出張のためにニューヨークに飛ばされていたのだが、日程が土日を挟んだおかげで、涼嗣の休みは消化された形になった。その間も、出張先の担当者が気をきかせ、観光に誘ってくれたのはいいが、提携先の社員と同行では、気分は仕事のままだった。

おかげで二週間ぶりにやっと取れたオフなのだ。ハードスケジュールをこなす身としては、正直、今日あたりは自分の部屋でくつろぎたいところだったのだが、法事とあればいたしかたない。

駐車場に止めた愛車の助手席で、ここへの道すがらに「面倒臭い」とこぼしていた、同い年のいとこの姿は、涼嗣が抜け出すより早く、座敷から消えていた。

親戚づきあいは煩《わずら》わしい。それはまったく涼嗣も同感であるが、とくにこうした酒席の苦手な彼は、早々にエスケープを決めこんだようだ。

内心を顔に出さない涼嗣とは違い、秋祐はよくも悪くも素直だ。

(ああいうところだけは、あいつのほうが要領がいいな)

あれも夏葉が甘やかしたせいだろうかと、自分のことを棚にあげて涼嗣は思う。

「夏葉ちゃん、か」

ぽつりとつぶやき、ごく幼い初恋の相手であった女性の名を口にする。

小さなころには無邪気に遊んだ五つ年上の夏葉は、父の妹である由季子《ゆきこ》によく似た面差しの、うつくしい少女だった。

幻想的な夏の沢。淡く憧れた少年時代の思い出に、これからの彼女に幸《さち》多かれ、と願うような気分を涼嗣は抱いた。

「——涼ちゃん？　灰が落ちるわよ」

「お……ああ、ありがとう」

小さな声に、物思いから引き戻されて、はっとしたように振り向く。ふふ、と小さく笑って灰皿を差し出したのは夏葉だった。

「逃げてきたの？　絡まれていたものね、ずいぶん」

「毎度のことだけどね」

お盆のうえに空瓶《からびん》とコップ、涼嗣が灰を落としたばかりのそれを乗せ、穏やかに微笑む彼女に、いましがたの思い出がだぶる。

襟刳《えりぐ》りの大きな、シンプルな紺《こん》のワンピースを着た夏葉には、あの夏の、壊れそうな気配はもうなかった。夏葉のやさしげでありながら芯《しん》のつよい、凜々《りり》しいまなざしは、幼いころから変わらない。涼嗣はつと笑みこぼれ、穏やかな声で言う。

「遅くなりました。ご婚約おめでとうございます」

「いやあね、改まって。お式には来てね」

「もちろん。……ところで、あいつは？」

姿の見えない秋祐を捜すように、首だけを巡らせる。

「わたしも知らないの。まったく、逃げ足だけは速いんだから」

「拗《す》ねてるんだよ。夏葉ちゃんが、お嫁にいっちまうから」

涼嗣の言葉に、片眉をあげ、おどけたような表情をする。

「厳密に言えば、お婿を貰《もら》うのよ」

「ああ、そうだね」

それは、秋祐が大学へ進むときに、彼女と父親とで決めたことだったらしい。自分がこの家を守るから、どうか秋祐に好きにさせてやってくれと、夏葉が頭を下げたそうだ。

――秋祐には、好きなことをさせてあげたいの。

――わたしは、大丈夫よ。涼ちゃん。

正しく、十五年前の言葉通りで、身体は細くいっそ頼りないような風情《ふぜい》の夏葉の強さに、涼嗣は感服したものだった。

「ねえ、涼ちゃん」

「うん？」

この呼び名も、いまでは夏葉くらいしか使いはしない。いかな親族とはいえ、涼嗣相手に『ちゃんづけ』をする人間がいるなどと、佐伯《さえき》あたりが知ったら目を剝《む》いてひっくり返るに違いないなと、涼嗣はおかしくなった。

「秋祐は、どうかしら」

ぽつりと漏らす声が本当に心配そうで、姉というのは、こうしたものだろうかと思う。

涼嗣の兄、征夫とは歳が離れすぎていて、お互いに干渉することはあまりない。

男同士のためだろうかと考えるには、秋祐に対する自分のかまいかたをかんがみるに、どうも根本的な性質の問題ではないかと思う。

ただし秋祐を引きあいに出すと、微妙な問題のずれが生じる事実にいき当たり、涼嗣は目の前にいる女性に対し、急にうしろめたいような気分に襲われた。

「どうって、よくやってるんじゃない？　なんだかこの間の学会でも、結構な論文を提出したとかで」

「そう。なら、いいけれど」

相変わらず生活能力はないけれど。茶化してみせながら煙を吐くふりで、少し目線をずらした。秋祐との関係を護るためなら厚顔にもなれる涼嗣ながら、やはりどうにも、夏葉に嘘をつくのは苦手だ。

蓮実家の姉弟、双方に自分は弱いのかもしれないなどと思っていると、唐突に夏葉が言った。

「ねえ、秋祐をよろしくね？」

「……っ!?」

下から覗きこむようにした夏葉の視線にもうろたえ、涼嗣は少々噎《む》せこんだ。

「大丈夫!?」

慌てたように背をさする腕を辞退しながら、「大丈夫」と笑ってみせる。さすがに冷汗が流れ、顔が引きつった。

(この程度でうろたえてどうする)

口さがない友人に、「表情筋がない」とまで評された自分が、このときばかりはありがたい。

他意もない言葉とはわかっているが、いささかどころでなく核心を突くような言葉だった。

「いきなり、なに？　俺なんかいなくたって平気だろうと思うよ、あいつは」

情けなさを必死で隠しつつ問い返すと、涼嗣の狼狽《ろうばい》には気づかない様子で、夏葉はため息をついた。

「だってあの子、いろいろ下手だから」

たしかに、と涼嗣も思う。生活能力のことだけではなく――それも多分にあったが――人間関係においても、秋祐はあまり要領がいいとは思えない。研究者気質というのか、協調性にいささかとぼしく、むかしから友人もそう多くはなかった。

むろん、したたかなおとなの顔も持ちあわせてはいるものの、幼少期からの彼を知る身としては、心配するのももっともだろう。

「わたしねえ？　涼ちゃんがいてくれると安心だわって思ったの。あの子、中学とか高校のころはそうでもなかったけど、一緒に住んでからはずいぶんなついてるでしょう？　あなたに」

「なつくって犬猫じゃあるまいし」

複雑な気分のまま雑《ま》ぜ返す涼嗣を、夏葉はじっと見あげてくる。奥底まで覗きこむような澄んだ目に、なにか言いたいのだろうかと感じた。

「どんなふうであれ、わたしは秋祐が自由ならいいと思ってるの」

「……夏葉ちゃん？」

「そして、それは涼ちゃんも、同じなのよ」

なにを、彼女は知っているのだろうか。不意にそんな考えが浮かんでどきりとする。

「本家の次男だからって、いっぱい我慢してきたことはあったと思うの。離れて楽に生きられるなら、そのほうがいいと思う」

「ああ……」

そちらのほうかと内心安堵した涼嗣は、しかし続いた言葉に苦笑せざるを得なかった。

「でも、いきなり結婚するって言い出して、数日後に撤回するのはさすがにどうかと」

「聞いたのか」

「征ちゃんからね。おじさまとおばさまは、なにも言ってなかったけど……」

複雑そうな顔で夏葉は一度言葉を切った。

涼嗣の両親が、次男に対して微妙な態度しか取れないことを、彼女もまたいささか苦く思っているらしい。

「それに征ちゃんは、基本的にはわたしと同じだと思うわよ。こういう面倒は、いちばんに生まれた人間がどうしても背負っていかなきゃならないけど、そのぶん、あなたたちは好きにやっていいの」

そう、と涼嗣はうなずいた。親族らがかまびすしいせいでうまく距離を取れない兄だけれど、征夫のことはけっしてきらいなわけではない。木訥《ぼくとつ》ながらまじめな人柄は、むしろ尊敬に値する面もあると思っている。

「田舎から出られない人間はね、そこで生きていくしかないけど、そうじゃないのなら、のびのびとしてほしいって、征ちゃん、言ってたから」

「兄貴が？」

「戻ってくる場所はあるけれど、そうじゃないのなら好きに生きればいいって。だから、よけいな話は放っておいていいって。さっきね」

どうやら夏葉がここに現れたのは、偶然ではなかったらしい。笑いながら不機嫌になった涼嗣を、あの兄は見透かしていたということだ。

「……さすがに家長っていうことなのかな」

特にねぎらいの声をかけてくるわけでもない、わかりやすい思いやりの言葉もないけれど、ただそっと自由にあれと、涼嗣自身に気取《けど》らせることなく許してくれる兄には、度量のうえでは負けている。それがいっそ心地よかった。

「それよりなにより、お兄ちゃんなのよ、あなたの」

少しは甘えていいと微笑んで、夏葉はあらためて言った。

「勝手だけど、涼ちゃんには迷惑かもしれないけど、本当に、お願いね」

言われずともな話ではあったが、黙ったままうなずく。夏葉は安心したようにほっと息をついた。

「これ、片してくるわ。今日は離れのほうに泊まるの？」

「一応そのつもりだけど」

秋祐も一緒だと思うと告げると、夏葉はうなずいた。

「そう。わたしはうちに戻るから。なんだかばたばたして、そのままお別れになりそうだけど、……帰り、気をつけてね」

「うん、そっちも」

細いうしろ姿を見送って、さて秋祐はどこへ行ったのだろうと思い立つ。

玄関に向かえば、秋祐の靴はなかった。しばし考えたあと、涼嗣もあがりかまちから下り、音を立てないように引き戸を開けた。

夜だというのにむっとするような暑さは相変わらずだった。日の射すうちに蓄まった地熱があがってくるようで、足元がじわりと湿っぽく熱い。

考えるともなく、足は勝手に動いた。勝手口の門をくぐり、袴田の家の敷地でもある裏手の林に向かう。おそらくあの場所に秋祐はいるだろう。

祖父の代には、見渡すかぎりの土地がこの家のものだったと聞いているが、相続の際にかなり国に取られてしまったらしい。たぶん自分にまわってくるころには、すっかりなくなってしまうだろうけれど、物欲のあまりない涼嗣にはどうでもいいことだった。

この場所がこのかたちで残るならば、さしたる問題とも思えなかった。

夜気に湿った土の香りがする。それを踏みしめる自分の足音と、虫の声のほかにはなにも聞こえない。喧《やかま》しい都会暮らしに慣れた耳には、痛いほどの静寂だった。

木立の切れ目が近づくにつれ、水のにおいが強くなる。薄暗かった視界が、月の光をはじく水鏡のせいで随分と明るくなる。岩にはじける小さな飛沫《しぶき》と、しゃらしゃらと涼やかな水の音。捜していた姿をそこに見つけ、涼嗣は無意識のまま笑う。

光の水の流れるなかで、秋祐は清流に身を任せるようにたたずんでいた。膝までを流れにさらしながら、ぼんやりと水に戯《たわむ》れている。

しかし近づいてみれば、着衣のままで、頭から濡《ぬ》れ鼠《ねずみ》になっていたのが気になった。

「アキ?」

水に落ちでもしたのか。心配しつつ声をかけると、まるで気づいていなかったらしく、秋祐ははじかれるように肩を揺らして振り向いた。

「冷やすぞ、あがってこい」

大きな目が涼嗣の姿を捕らえ、不機嫌そうに歪む。

「ほっとけよ。よくわかったな、ここだって」

言い捨て、ぱし、と水面を蹴る。それはいたずらの現場を見られた子どもの仕種と表情そのままで、涼嗣は笑みを深くした。

「ここぐらいしか思いつかなくてな。こんな田舎じゃ、そう出るとこもないし」

「……夏葉に、言われた?」

唐突に、秋祐が言葉を遮る。口調が気になって秋祐を見ると、じっとこちらを見据える視線が険を含んでいた。

「言われたって、なにをだ?」

どうやら「夏葉ちゃん子」が拗ねているのではなく、怒っているらしいことに気づく。それも、自分に対してらしいが、思い当たる節のない涼嗣は怪訝な表情になる。

「どこにいるのか知らないかとは、訊かれた」

とりあえず問いに答えると、ふうん、とそっぽを向いてまた、水を蹴る。

「魚が怯えるぞ」

「ふうん。……夏葉はこんなことしないかな」

いやな言いかただ、と涼嗣は思う。口の端をあげてはいるが、目は笑っていない。そういう表情はあまり、秋祐にさせたくはなかった。

「なんで、絡む?」

煙草に火をつけながら尋ねても、秋祐は答えない。川べりぎりぎりまで近づいて、もう一度名を呼んだ。

「夏葉、きれいだったね。相変わらず」

この姉弟は、いつもこうして唐突につぶやく。言葉の切り口が似ていて、涼嗣は苦笑した。

「似てるな、そういうとこ」

なんの気なしに漏らした言葉に秋祐はびくりと肩をすくませ、涼嗣を睨《にら》んだ。

「……どこが？」

「え？」

「俺、どこが、夏葉に似てる？」

激しい表情に、もしやと思い当たる。ふてくされた秋祐の口から妙にしつこく彼女の名前が出るのは、姉が遠くにいくようなさみしさからではないらしい。

「アキ。なんかばかなこと考えてるだろう」

こみあげるおかしさにこらえた声を、涼嗣が呆れているように秋祐は感じたらしかった。かっと夜目にも赤く、肌が彩られる。

そういえば夏葉が初恋の相手だと、秋祐に話したことがあった。単なる思い出話のつもりが、こんなことになろうとは。

その話を秋祐にしたのはずいぶんと昔で、まだ窮屈な詰め襟に身を包んでいたころだったように思う。目の前の、少年のような頬をした彼との関係は、幼なじみでいとこという域を出なかった。もっともそれは涼嗣の側に限ったことで、秋祐にしてみればずいぶんぎりぎりの部分を抱えてもいたのだと、知ったのはごく最近のことだ。

「ばかだよ、どうせ」

「あのなあ。夏葉ちゃんは最初から俺なんか相手にしてないぞ」

実の姉相手に悋気《りんき》を起こす秋祐をおかしく思いつつ、妬《や》かれて嬉しいなどと思っている自分もかなり重症だ。

いまだに涼ちゃん扱いだと笑ってみせるが、そういう話ではないと秋祐はうつむいた。

「俺だってばかだと思うよ。でも……」

シスコンを自認する秋祐は、愛情と劣等感の双方を姉に対して持っている。その一端を担うのが涼嗣に対しての恋愛感情だ。

どう言えばいいだろうかと涼嗣は苦笑しかけて、そのあとしんとせつなくなった。

――俺は、つないでいくさきが、なにもないんだよ。俺は男のひとじゃないと、きっと好きになれないから。種《しゅ》を残せないのはやっぱり、間違ってるとは言わないけど、さみしいよ。

哀しくつぶやいた秋祐と、触れあう指先さえも色を異にした、いまの関係に落ち着いてから、まだ日が浅い。異性を恋愛対象にしてきた涼嗣について、彼がどうしても怯えを孕むのは、しかたないことなのだとは思う。

けれど、語弊を承知で言うなら、涼嗣にとってたったひとりの『異性』はおそらく、秋祐なのだと思う。

(あれだけ言って、まだわからないか)

夏葉には、たしかに憧れた。恋をしたのだと自覚をしたはじめての女性《ひと》だとは思う。

けれど、彼女と秋祐は自分の中で、大事なものの部類であることでは同じだが、意味合いがまるで違う。夏葉を、はじめから遠くに見ていたことと、秋祐を決して離せないと思うことの違いをどう伝えればいいだろうと考え、涼嗣は言葉を探すのをやめた。

いくら説いて聞かせたところで、秋祐自身がいまを納得しなければ意味がない。

唇も、それ以上も許されてはいる。けれど、秋祐を手に入れたとは、涼嗣はいまだ思えてはいない。ひとの心など、そう易々《やすやす》と収められるものでもないし、いつでも不安定に揺れる秋祐は、気を抜けばすぐにこの手から逃げていこうとする。

それでもいい、と思っている。どれだけ怯えようが逃げを打とうが、最終的には細い腕を摑んで離さなければいいだけの話だ。

この帰省の直前まで、二週間の出張が入った折りには、ひとり悪い方向に考えが及ぶのではないかと心配だった。案の定、帰国してしばらくはぎこちなさがひどくなっていたため、しっかりと身体にも教えてやった。

(おかげで今日は文句たらたらだったが)

それでも秋祐自身、本心では望んでいるのだと思う。少し強引に踏みこめば、戸惑いながらも涼嗣に応える秋祐のひたむきさが、それで正しいのだと告げる。

紆余曲折《うよきょくせつ》があって、本当にいろいろあって、そうしていま秋祐がここにいる。

手に届く距離にいる秋祐への想いさえ、たしかならそれでいい。

無言のままじっと見つめていると、自分でもばかを言ったとわかっているのだろう。急に心許ない表情になって、秋祐は言った。

「呆れたのか。呆れた、よな」

涼嗣は力のない声に、かぶりを振って腕を伸ばす。秋祐の不安は、結局は彼自身が解決するほかないけれど、呆れているわけではないし、抱きしめてくれというならいくらでもする。

それで秋祐が少しでも、取りあった手を信じるならば、痛むほど握ってやってもかまわない。

「とりあえず、あがれ。風邪引くぞ。……しかしなんでまた、服着たままなんだ?」

上目に見た秋祐が、ためらいがちにその手を取った。いまさらの問いかけに、ふてくされた声が返ってくる。

「落ちたんだよっ。足、滑って……」

――いろいろ下手だから。

不意に夏葉の言葉がよぎって、吹き出した涼嗣を睨みつけた秋祐が、濡れた身体で胸元に抱きついた。

「おい、おまえ、……うわ!」

足場の弱いところに立っていたのも手伝って、見事にバランスを崩した涼嗣は、派手な水音を立てて、沢に転がった。

「秋祐……」

「笑ったお返し」

夏物の薄手のシャツに、冷たい水が染みる。同じような素材をまとった秋祐は、肌に吸いつくようになったそれをわざとらしく涼嗣にすりつけた。ざまを見ろと含み笑う彼の身体を、むっつりとした表情で強引に抱き寄せる。

「責任、取れよ」

「え、責任って、ちょ、涼……」

身体のうえに乗ったままの秋祐が、なんのことだと顔をあげる。その首筋を抱いて、驚く唇を強引に奪った。

「……ん、んん!」

逃げようとする身体を強く引き止め、本気のキスを仕掛ける。冷えきっていた秋祐の唇、その温度をあげるまで軽く吸いあげ、舌先で隙間をなぞると、そっと開いて涼嗣を誘いこむ。

秋祐は意外に、口づけを好む。痛いくらいの強さで吸うとすぐに目を潤ませ、全身がとろりとやわらかくなる。これは最近覚えたことだ。

「ふっ……」

声と一緒に甘く舌を噛んでやると、秋祐の濡れた背中が震えた。やわらかくこすりつけたあと、そっと解放すると、涼嗣の首筋に顔を埋めるように抱きついてくる。

「これじゃ帰れんな」

息ひとつあげていない、淡々とした涼嗣の言葉に、ふだんより舌足らずの苦情の声があがる。

「どうすんだよ……まだ、夏葉たちいるんだぞ」

「困ったな」

「こんな顔、見せらんないだろ！」

甘く溶けた秋祐の顔など、たしかにあまりひとに見せたくはないと涼嗣も思った。だがそんなことを言えばさらに膨れることは目に見えているので、とりあえずなだめるために頬に口づけた。

「秋祐を、よろしく、とさ」

「なにそれ」

「夏葉ちゃんに言われた」

涼嗣が笑うと、なんともいえない表情になった。思うところは同じなようだ。

「言われなくても大事にします、って——」

言いさした涼嗣の言葉に、慌てて顔をあげる。

「まさか言ったのか!?」

「——は、言わなかったけどな」

目を吊りあげた秋祐に、笑ったままの涼嗣が突き飛ばされたのは、その五秒後だった。

家族よりも長い時間をともにしているふたりなのに、互いの小さな変化のひとつさえ、いまもってあざやかだ。

ふと、月をよぎった雲が影を落とし、互いの顔さえ見えないような濃い闇に包まれる。濡れた指を絡ませたまま、笑いをほどいて真顔になった涼嗣がそっと、唇を寄せた。秋祐の唇が、それに応える。

雲が去り、月光を受けて銀色に彩られる秋祐の睫毛《まつげ》を、細い前髪からしたたった雫《しずく》がかすめ、彼は小さく瞬く。帰ろうか、と笑いさしたまま問うと、ぎこちないような表情で、小さく秋祐も微笑んだ。

いとしいたしかなぬくもりが、ただ嬉しい。らしくもなく、初々しいような恋をしている。

ふとそんなふうに思って、涼嗣はもう一度、片頬で笑った。

いまだいろいろぎこちないふたりは、冷えた肌を近づけることでぬくもりを与えあった。

＊　＊　＊

「まあまあ、どうなすったんですよ、おふたりとも？」

離れには風呂がないため、濡れ鼠のままではどうしようもなかった。母屋に戻ると、ふたりを出迎えたのは澄江だった。あきれたように苦笑しつつ、バスタオルを運んでくる。

「悪いね、澄さん。風呂沸いてるかな」

「用意してございますよ。秋祐さまも、もう今晩はこちらに泊まっていらっしゃいな」

「え、でも……」

子どもを諭《さと》すように言う澄江に、秋祐が辞退しかけるのを遮ったのは、涼嗣だ。

「じゃあ申し訳ないけど、澄さん、離れのほうに布団ふたつ用意してもらえるかな」

「ちょっ、涼嗣！」

できることなら今晩中、どんな夜中でもいいから東京に帰りたかったのに。文句を言いかけた秋祐だが、澄江がため息をつきながらびしょぬれの服を眺めて言った言葉には、黙りこむしかなかった。

「これじゃあご実家にお帰りになるのは無理でございましょう？　お洋服は明日までには乾かしますから、順にでもご一緒でも、お入りくださいな。お風邪でもひかれたら、おおごとですから」

「手間かけて悪いね」

ばつの悪い顔をして涼嗣が言うと、「慣れておりますよ」と彼女は笑った。

いっぱしのおとなのような顔をした大の男どもが、この懐深い女性のおかげで健やかに育ったことを思い出す。彼女にしてもこうして世話がやけるのが嬉しいのだと、その表情に教えられた。

足の遠退《とおの》いていた大事な『息子』たちが、やんちゃだった子どものころのようで、おかしくも楽しいのだろう。いや、澄江からすれば、いつまでも涼嗣も秋祐も、子どものままなのかもしれない。

「あ、でも着替えが……」

　ふと秋祐が言いさすと、心得ているとばかりに澄江は笑った。

「浴衣《ゆかた》をねえ、縫っておきましたのでね。帰りにでもお持たせしようと思っていましたけど、役に立ってようございましたよ」

「って、俺のも？」

驚く秋祐に、澄江はやわらかに微笑んだ。

「ええ。おふたりでいらっしゃると、涼嗣さまからうかがっておりましたから」

かたわらの背の高い男を見あげ、秋祐は「それでか」と苦笑した。

直前まで渋っていた自分を涼嗣がなかば無理やりに連れてきたのは、これもあったのだろう。涼嗣は昔から澄江に弱かった。実の母よりも母親のような彼女には、この歳になっても頭のあがらないところがあるらしい。まだ元気ではいるが、わずかに腰も曲がりだした澄江は、その節くれた指先で、きっと根をつめて大きな男物の浴衣を縫ったのだろう。

（がっかりさせたくなかったんだ？）

目があうと、涼嗣ははにかむように薄く微笑《わら》った。頬に自然にこみあげた微笑みはあたたかく、秋祐は少し胸がつまった。

ふだん自分にはとことんまで甘いけれども、涼嗣がこうして他者へと見せるやさしさに触れると、ときおりたまらない気分になる。

鋭角的な顔立ちのせいで冷たく見られがちだが、誰よりも情が深い男なのだ。落ち着いた物腰や端整な容姿に長身を誇る体格が、彼に実際の年齢以上の風格を持たせているが、あまりそうした部分は秋祐には関係がない。

秋祐にとっての涼嗣は、ただ、やさしく甘い存在だ。ときどき、その甘さに胸が苦しいほど。

「さあさ、廊下が濡れてしまいますよ、早くなさい！」

「いいよ、涼嗣さきで……」

自分が突き落としてしまったため、申し訳ないからさきを譲ろうとすると、澄江がなんでもないことのように言った。

「ご一緒すればいいでしょう」

「ええ!?　だ、だって男ふたりじゃ狭いでしょ」

驚いて声をあげるけれど、「行ってみればわかりますよ」と澄江は秋祐の背中を急《せ》かすように叩いた。

「ちょ、ちょっと澄さん……」

「行くぞ、秋祐」

おまけに涼嗣までもが平然と歩き出すから、秋祐はなにがなんだかと思いつつ、長い足のせいで歩みの速い男のあとを、小走りについていった。

袴田家の風呂は、記憶にあるよりもずっと広いものに変わっていた。

スモークガラスのはめこまれた引き戸を開けると、湯気と木の香のする浴室にはたっぷりと湯がはられている。

「なに、いつの間にこんなんなったの？」

「半年前。前から改装するとは言ってたんだけど、兄貴の趣味らしい」

幼いころ遊びに来た折りにはもっと古めかしいタイル張りの風呂だったのだが、改装した浴室は、二、三人は入れるような広い桧《ひのき》風呂になっていた。

「贅沢だなあ、温泉みたい」

笑ってみせつつ、予想しなかった事態に秋祐はこっそりうろたえていた。

長い指で、濡れて崩れた前髪をかきあげる涼嗣を横目に盗み見ると、彼はそっけないほど変わらない。少し恨みがましく睨んでみても、気づかない。

(変なの)

見慣れたはずの仕種にさえ、せつなくなる。ひとまわり以上広い背中をこうして近くに見つめるたび、秋祐の心臓は不器用な動きをみせてしまう。

抱きしめてほしいなあ、と不意に思った。水に濡れた身体で抱きあったあの瞬間のように、もっと強くきつく、苦しいくらいにあの腕に閉じこめられたい。

けれど、ひとり赤くなりながら表情をうかがう秋祐に、彼はまるで気づいた様子がない。

（鈍い）

小さく左胸の奥が痛んだ。服を脱ぐ彼を直視できない。秋祐はなんだか自分が滑稽にさえ思えて、隣にいる男には聞こえないようそっと息を逃がす。

気遣いの細やかな彼を知ってはいても、こういうときばかりは恨みがましく思ってしまう。じっと眺めているとさすがに視線に気づいたのか、下着一枚になった涼嗣が見おろしてくる。どきりとして身がまえたけれど、続いた言葉に秋祐は肩を落とした。

「なにぐずぐずしてるんだ？　ああ、濡れたせいで脱ぎにくいか？」

手伝ってやろうか、と他意もない顔で言われて、「いらない」とふてくされてしまったのはしかたのないことだっただろう。

やけくそになって服を脱ぎ終わるころには、涼嗣はさっさと浴室に入ってしまった。

「おい、そんな端に寄らなくても、平気だぞ」

さきに湯槽《ゆぶね》に浸かった涼嗣が、視線を避けるようにそそくさと入ってきた秋祐へ、不思議そうに言う。その声には答えず、へりに両腕をついて顎を乗せ、秋祐は目を閉じた。

血の上った頬をごまかせるシチュエーションには感謝しつつ、もう一度胸の奥で悪態をつく。

（超、鈍感）

ときどき不思議になるのが、涼嗣のこういった態度だ。それなりの関係になって、肌をさらしあうことにこうまで平然としている姿に、理不尽さを覚えてしまう。

たしかに、涼嗣が感情を抑制することが得意なのは知っている。けれど、いまのこれは秋祐自身をまったく意識していない振る舞いだ、ということは皮膚感覚で理解できた。

(パーテーションで区切られでもしてんのかね、こいつの神経)

抱きあうようになっても昔と変わらず、いとこの気やすさで接する部分と、熱っぽく自分を求める腕とが、彼の頭のなかではよほどくっきりと分けられているのか、秋祐が拍子抜けするほど自然体なのだ。

不思議な男だな、と思う。

——そんな泣きそうな顔しなくていい。おまえが思ってるほどには、変わらないから。

思いがけず手を伸ばされた日、罪悪感に打ちのめされて動けない秋祐に、そう告げて涼嗣は笑ってくれた。そして言葉どおり、以後もできるだけ秋祐が思い病まずにすむように、違和を感じずにいられるようにしてくれているのは、ありがたいと思うけれども複雑だ。

穏やかな彼に拗ねた態度を取ってしまうのは、甘えの表れでしかない。わかっていながら、ただ黙ったまま許す涼嗣にはかなわない。

(俺も、どうしたいんだか)

あまりはっきり求められると臆するくせに、放っておかれるのは気分が悪い。少し前に溶かされた唇が落ち着かなくて、濡れた手の甲に、顔を伏せるふりで強く押しつける。

盗み見た涼嗣は静かに目を閉じていた。少し頬骨の高い輪郭の横顔が、彫像のように整っていることに気づいたのはいつだったろう。切れ長の鋭い目を伏せ、まっすぐな睫毛は意外と長い。高い鼻梁《びりょう》に続く意志の強そうな口元を薄く開いて、ふうっと涼嗣が息を吐いた。

長時間のドライブに疲労の色がかくせない目蓋《まぶた》を、彼自身の印象からは意外なほどに、きれいなラインを描いている長い指先が押さえる。

涼嗣の指は節の間が長く、爪もまっすぐに指先を鎧《よろ》っている。背が高く体格もよいせいか、どこか野性的な印象のある涼嗣だが、つけ根から爪先まで太さはほぼ均一な長い指は、彼がホワイトカラーに属する人種であることを知らしめる。

日焼けの痕がなければ、繊細な印象さえある、細くはないがしなやかな指。

丸い小粒の爪が縁取る自分の指をじっと見て、おとなと子どもみたいだ、と秋祐は思う。

実際、涼嗣の手のひらの中に包まれてしまうほどそれは小さく、身長に合わせたように顔も手足も小作りな自分の身体は、ときとして忘れたはずのコンプレックスを呼び起こす。

同い年のくせに、誕生月は自分のほうがむしろ早いのに、涼嗣はいつでも自分よりもおとなだった。しっかり地に足をつけ、ふわりと空に近い視点でものを見るのは、背も高いからだろうか。

追いかけてばかりの背中が、思いがけず自分だけを求めていると知ったとき、胸の裡《うち》に生まれた高揚と歓喜はかけがえのないものだった。そして同時に、こんな男を本当に抱えこめるのか——抱えこんでしまっていいのかと、恐怖した。

(なんで、こうなっちゃったんだろ)

ただひっそりと想って、気持ちを殺したままでいるはずだった。ほんの数ヶ月前には理名という伴侶を涼嗣は得る予定になっていて、本当ならこの日の集まりに、秋祐ではなく彼女を同行させていたはずだったのに、いま涼嗣は秋祐の隣にいる。

ぐずった秋祐を、昨晩の涼嗣は少ししつこく抱いた。たぶん、こんなふうに胸の裡でぐるぐると、詮無いことを考えているのもお見通しなのだろう。

気持ちをつなげてからしばらく、秋祐は精神的に不安定だった。そのことに気づいていたのか、先日の二週間に及ぶ涼嗣の出張の間も、ただの同居だったころには考えられないほどに電話をくれたし、帰国して数日は時間の許す限り寄りそっていた。

少し大きなため息をつく。涼嗣がふとこちらを見やって、気怠《けだる》いような視線とまともにぶつかり、秋祐は赤くなった。

「どうした?」

「なんでもない……」

近ごろ、涼嗣がそばにいると、どうも落ち着かない。もうとっくに恋心を殺すのは慣れていたはずなのに、奇妙に初々しいようなせつなさに胸を打たれることが多い。

ひとりではまっているようで、なんだかシャクだ。涼嗣の感情のボルテージがあがったのはつい最近のことであるはずなのに、腹立たしいほど彼は泰然としてみえる。

十数年思い煩った秋祐にくらべ、気持ちを決めるのも早かった。そのくせ落ち着くのまで早いのかと思うと、やはり恋愛感情の比重は自分ばかりが重いのだろうかと思えてならない。

けっして、涼嗣の覚悟が浅いなどと思ってはいないのだけれど。

(風呂一緒に入っても平気っつうのはさ、なんか)

枯れちゃった熟年夫婦でもあるまいし、と秋祐は内心でひとりごちる。だからといって、べつにここでなにかしたいとは、思わないけれど。

(なにかって、なんなんだ)

想像がちょっときわどくなって、頭がゆだりそうになる。

「……お先に」

「ああ……うん」

のぼせあがりそうになって、体中赤くなって湯槽から足をあげる。涼嗣はあいまいな返事をしてまた目を閉じてしまった。

「長風呂なんて、オヤジくせえの」

ぼそりとつぶやいた悪態は、聞こえなかったらしい。湯あたりばかりでもなく赤くなった頬を冷ますべく、秋祐は洗い髪をかきあげて、湯気のこもる浴室を後にした。

澄江が精魂こめて仕立てた秋祐の浴衣は、白地の木綿にすっきりした矢羽根の柄が藍の染め抜きになって、なかなかに肌触りのいい代物《しろもの》だった。

しかし、ホテルのへろへろの浴衣をいいかげんに羽織るくらいしかできない秋祐は、もともと不器用なのも手伝い、どう巻いても余る帯と引きずってしまう裾との戦いに、白旗をかかげていた。

「……なにやってんだ、おまえ」

腰にタオルを巻いたままの涼嗣が、呆れたようにつぶやく。彼が随分と長く風呂に浸かっていたにもかかわらず、秋祐がまだ脱衣所にいたことで、怪訝に思ったようだ。

「浴衣、か?」

「う……」

秋祐は唸りながら涼嗣を睨んだが、自分のみっともない状態に言い訳もできず押し黙る。

「本っ当に、下手だなあ」

「うるっさい!」

もはやしみじみとつぶやく涼嗣をきつく睨むと、おかしそうに笑うからよけい腹が立つ。

「手伝うか?」

「いらねえよ」

言いざま背を向け、無駄なあがきを繰り返す。背後では涼嗣の着替える衣擦《きぬず》れの音と、喉奥で笑いを押し殺した声がする。

(どうせ不器用だよ、俺は)

むくれつつも努力したが、やはりどうにもなりはしない。せっかくの新しい浴衣は、このまま皺だらけになってしまいそうで、澄江にひどく申し訳ないような気分になった。

「で、どうするんだ？　手伝い、いる？　いらない？」

問いかけに、秋祐はがっくりとうなだれてため息をつく。地を這うような声で「……いる」と答えると、涼嗣はまた喉奥で笑いを転がした。

「ほら、こっちこい」

「オネガイシマス」

拗ねたまま振り返ると、きっちりと浴衣を着こんだ涼嗣が笑っていた。秋祐と違って無地の、濃紺のそれをまとった涼嗣は絵的にはまりすぎている。

しばしぼんやりと見惚れていると、涼嗣は怪訝そうに眉をあげた。

「なんだよ？」

「いやあ日本人だなあ、と思って」

「ますますわからんぞ」

「ニュアンスでわかれよ」

言葉遊びのような会話をしながら、子どものように着衣を整えてもらう。おとなしくする秋祐に、涼嗣がふと考えこむような素振りを見せた。

「悪い、うしろむいて」

薄い肩に手をかけてくるり、と細い身体を半回転させる。正面からは合わせが逆になるので、やりづらかったらしい。

「ん、これでわかる」

背後から抱きこまれる形で、広い胸に秋祐の背中はすっぽり収まってしまう。肩口から覗きこむようにつぶやく声が、耳元をかすめ、秋祐は小さく息を呑む。

「脇、少しあげて」

至近距離から来る低い滑らかな声に、どきん、と心臓が大きく跳ねた。涼嗣のきれいな指が秋祐の襟元を合わせ、たくしあげた腰のあたりの布地を押さえながら帯を滑らせていく。

「合わせ、押さえとけ」

「……うん」

合わせ目のある腰元や、胸のうえあたりを、涼嗣の手のひらが滑っていく。なんの作為もない指先さえ意識して、身体が固くなっていく。

湯あがりだというのに、ときおり肌に直に触れる涼嗣の指は、もう冷たい。涼嗣の体温が低いせいなのか、それとも、自分の肌が火照るせいなのか。

涼嗣はなにも気づいた様子はなく、袂《たもと》を握りこんで身を硬くした秋祐の細い腰に、するすると帯を巻き終えきっちりと締めたあと、布地のよれをなおす。

「ほら、よし」

ぽん、と結び目をひとつ叩いた涼嗣を、首をねじって見あげる。

「……なに？　アキ」

「ううん」

穏やかでやさしい眼差しが、静かに見つめている。なんでもない、とつぶやくように言って、そそくさと涼嗣から離れた。

やはり、うろたえるのは自分ひとりか。なんだかむなしくなってため息を噛み殺すと、くすりと笑う声が聞こえた。妙に含みのあるそれがカンに障り、眉をひそめて背の高い男を見あげた秋祐は、どきりと心臓をはずませる。

「いちいち、こんな場所で意識されても、なにもできないぞ」

「な……っ」

「澄さん、ここに入ってきたのも気づいてなかっただろうが」

言われてやっと気づく。濡れた服は片づけられて、浴衣が置いてあるのは、脱衣所に澄江が訪れたからにほかならない。

どっと音が立つほど赤くなった秋祐の頬を軽くつまんで、涼嗣は苦笑した。

その指は、もう冷たくない。

「だから、拗ねるな」

「す、拗ねてない……」

嘘つけ、という言葉がやわらかく唇をかすめる。なにもできないと言ったその唇でキスをかすめとる涼嗣のひとの悪い笑みにすら魅了されて、秋祐はぐずぐずと溶けながら広い胸に顔を埋めた。

＊　＊　＊

離れにある涼嗣の部屋は完全に別棟になっていて、母屋から庭を渡って少し南に位置する。

この離れは、もともと征夫が使用していたものだった。彼は涼嗣とはひとまわりも歳が違い、涼嗣が小学校にあがるころに都内の大学に進学したため、空き部屋になった部屋を譲り受けたのだそうだ。

大学を卒業した征夫は家業を手伝うために帰郷したのだが、ほどなく学生時代からの恋人と籍を入れ本宅に新居をかまえてしまったため、この部屋には戻らなかった。

高校を出るまで、涼嗣はこの部屋ですごしていた。その涼嗣がこの家を出てからも、澄江は主人のいない部屋を、いまでもきれいに整えているのだろう。

いつ戻られてもいいように——という澄江の思いと、幼いころと変わらない細やかさが、清潔な部屋から伝わってくるようだ。

数年前と変わらない部屋のその片隅で、当時よりもぐっと男らしさの増した涼嗣が、のんびりした風情でくつろぐのを、不思議な感慨で秋祐は見つめる。

松笠風鈴がちりり、と涼しげな音を奏でる。

窓際に寄りかかって、外からの風にあたる涼嗣の横顔は、やはり少し疲れているように思う。洗い髪を無造作にうしろに流して、秀《ひい》でた額にかかる前髪は、当然ながら出張の前より少し伸びていた。

帰国してしばらくは、ただただ相手の存在に飢えて求めるばかりだった。だが不意に訪れた空白の時間に見つけた小さな変化が、離れていたことをいまさら意識させる。

会社員と大学助手では時間の流れが違う。とくに涼嗣のように海外に出ることも多いとなると合わせることもむずかしく、秋祐にしたところでけっして暇ではない。

(四年も、ふつうの顔してやってきたのにな)

関係に恋を持ちこんだとたん、さまざまなことが色を変えた。以前はむしろ、気持ちを悟られまいと自分から避けていたくせに、時間を惜しむようになった強欲さを自嘲する。

すれ違いは多いけれど、忙しいことを言い訳にするような関係になりたくない。

たまにしかゆっくりできないから、もっと時間を大事にしたいと思うのに——。

「ん？」

そっと指をのばして、まっすぐな前髪を引っ張ると、涼嗣が目線をあわせてくる。秋祐は、じっとその目を見たまま、小さな声で尋ねた。

「隣、座っていい？」

「どうぞ？」

微笑う涼嗣の隣に、膝でいざって腰を落とす。煙草の煙が流れないように、秋祐とは反対のほうを向いて、涼嗣が煙を吐き出した。

かすかに触れている広い肩の体温を感じながら、秋祐は目を閉じる。

こうして隣に座ることも、以前ならもっと気楽にできた。あのまま、ただのいとこ同士だったなら、胸の痛みは軽くてすんだだろうか。そんなことを思って、不意にせつなくなった。

この部屋で、よく涼嗣と遊んだりもした。中学にあがったあたりからは、秋祐がひとり拗ねたせいであまり行き来もなくなってしまったけれど、さまざまな思い出のある部屋だ。

(夏葉の話も、ここでしたっけ)

そのときにもこうして窓際に並んで座っていたと、秋祐は小さく苦笑する。

――涼ちゃんは、夏葉が好きなのか？

まさかそのことで、こうまで自分が苛立たされる羽目になるとは、当時は思い及びもしなかった。なにもなかったころに戻りたいとは思わないけれど、取り戻せずに手のひらからこぼれる時間がいとしく、そして哀しい。

そしてこの部屋にまつわる記憶は、もうひとつ。

(浅野、どうしてるのかな……)

高校を卒業してのち、秋祐は同じ高校の顔ぶれとはほとんど縁を切ってしまった。浅野の一件もあったし、とにかく涼嗣に知られたことに混乱してばかりで、すべての過去を捨てたいと東京に逃げた。

そのまま逃げまわるつもりでいたのに、結局は家の事情で涼嗣と同居する羽目になり、まるで予想もしなかった現在がある。

涼嗣の指先に、煙草がしっくりと馴染んでいる。優等生のくせに、涼嗣は煙草をたしなむのも早かった。けれどあの学生のころ、隠れて吸っていたぎこちなさはもうどこにもない、おとなの男の指先。

なつかしい風景に包まれて、よぎる記憶たちはこれほどに鮮やかなのに、もうこの世のどこにも、その時間は存在しない。

(感傷ってやつか)

少女めいた感慨に耽《ふけ》る自分を少し嗤《わら》って、そんなふうに考えるのは、まだ涼嗣とこうしていることに慣れないせいなのだろう。

変わってしまった関係には、常に不安がつきまとう。だから考えこんでしまう。

涼嗣が好きで、ただそれだけの生きもののようにほかのことはなにもかも色褪《あ》せていく――それが、少し怖い。

肩口に頬を、少し強く押しあてた。涼嗣は動かない。

「涼嗣」

自分でも少し驚くような、頼りない声が唇から発せられた。煙草を唇に挟んだ涼嗣が、目顔で「なんだ」と問いかける。

穏やかな黒い目を、ひた、と見つめて秋祐は言った。

「疲れてる？」

「心配しなくても、明日ちゃんと運転するよ」

ぽん、とあやすように頭を撫でられて、もどかしく秋祐は首を振る。

「それは、心配してない」

なんだ、と涼嗣が笑った。

「じゃあ、なに？」

屈託ない微笑みに、少し苛立つような、申し訳ないような、そんな胸の痛みを覚える。

秋祐は目を伏せたまま、髪を撫でる大きな手のひらを両手に包んだ。そっと、頬に押しあて、指の先に触れる唇でついばむ。

「アキ？」

その動作に驚いたように名を呼び、涼嗣が少し身動《みじろ》ぐ。かすれた声で、秋祐は言う。

「疲れて、ない？」

ぴくり、と動いた指先を、そのまま解放する。涼嗣の顔を見られず、うつむけた首筋からうなじをたどり、長い指が秋祐の後頭部を包んで引き寄せる。

「まずいだろ、それは」

息まじりの複雑そうな声が、胸元に押しあてた頬に振動となって響いた。

「だめ？」

「だめっていうか」

言いさした唇を、伸びあがってふさぐ。軽い音を立てて離れた唇を、まだ少し迷うような目で涼嗣が見つめている。

「あした、一日車だぞ？　今日、来るときもさんざん文句言ってたのは誰だ」

「しんどかったら、また眠るから、いい」

削げた頬のあたりにキスをして、ナビに座る自覚のない台詞を吐く。涼嗣はそれでもためらうように、視線を逸らした。

「風呂、ここにないし」

秋祐は長い指から煙草を奪う。鋭角的な顎を捕まえて、やや強引に唇をあわせる。

「あとのことは、あとで考える」

「アキ、あのな……」

ため息を吐きつつ狼狽しているのを隠そうとする涼嗣に、縋るように抱きついた。

「だめ？　だめなら、がまんする」

乗りあがるように肩口に頬を寄せる。よく言う、と秋祐は自分を笑った。もう、涼嗣の肩にあてた唇が熱い。このままでなんていられるわけもないのに。

「我慢って、おまえ……そういうこと言うか？」

秋祐にしては明け透けな物言いにわずかに赤くなった涼嗣が、秋祐の身体をひとまず剝がそうとする。その指にあらがって、首筋に巻きつけた腕を強くする。

「秋祐？」

いまにはじまったことではないが、秋祐の強情さに音をあげたような疲れた声がする。わがままを言っている自覚はある。甘えているのも。

それでも、どうしてもいま、しっかりとたしかめるだけの熱が欲しかった。

「……いるから？」

「え？」

くぐもった小さな問いかけが、聞こえなかったと涼嗣は問い返す。

そろそろと腕をほどいて、涼嗣の目をじっと見つめ、秋祐は言った。

「夏葉が、いるから？　だから？」

「な……」

絶句する涼嗣を見つめながら、どうしても答えが欲しくて、それと同じくらい聞きたくない気がして、きつく唇を噛む。

「俺、夏葉のかわりじゃ、ないよね？」

震える声で問うと、涼嗣の目が一瞬まるくなる。

「なんだよ、やきもち？」

さきほども拗ねたそぶりをした秋祐をからかうように、かすかに涼嗣は笑う。だが秋祐がじっと目を見て答えを待つうちに、やさしかったまなざしはきつく、激しい色を帯びた。

「おい、……まさか本気で訊いてるのか？　どういうつもりで？」

しばらくの沈黙の後、彼はおそろしく低めた声で言った。答えずただじっと見つめるばかりの秋祐に、激しさを無理に押さえこんだような声が届く。

「さっきから、どうしたんだ。いいかげんにしろ。怒るぞ」

涼嗣は、おそらく彼の胸の裡に渦巻いているであろう感情をなだめるように、息を吐き出しながら低く唸った。

「おまえ、本気じゃないだろうな。かわりって、なんだそれは」

さすがにしつこいと怒らせただろうか。身をすくめながら、秋祐はもごもごと告げる。

「なんだって……なんとなく、だけど」

「そんなわけがないだろうが」

じろりと睨まれ、身体がすくむ。秋祐に対してだけは常に穏やかな涼嗣だけれど、それは彼本来の姿でないことを、秋祐は知っている。涼嗣のふだんの自制の強さは、自身の激しさを知りすぎるほど知っているからだ。

そうでなければ、あんな場面で理名を振り捨てはしない。秋祐がぐずるたびに、怖いほどの強さで捕まえたりはしないだろう。

「まったく、なにを言うかと思えば、くだらないことを……」

「く、くだらないって」

「くだらないだろう。違うか？」

少し怯えた秋祐の表情が、涼嗣をよけい苛立たせたようだった。けれど、涼嗣の目に強く宿った光のなかに、ほの昏《ぐら》く揺らいだ痛みに、秋祐は驚く。

「なんでここで夏葉ちゃんの名前が出てくるんだ？　彼女に会ったのは数年ぶりだぞ」

「……だって、涼嗣、昔……」

「中学生の初恋が、いまだに継続するほうがめずらし……」

ぐずぐずと言いつのった秋祐の言葉を制したのち、はたと涼嗣は口をつぐんだ。秋祐がじとりと恨みがましい目で見たからだ。

「……天然希少種で悪かったよ」

「そこまで言ってない」

深くため息をついたあと、涼嗣は頭を掻きながら言った。

「あのな。どこをどうしたら、おまえが夏葉ちゃんのかわりになるのか、俺にはまったくわからない」

「だって、似てるし」

「たまの言動と、顔のつくりはな。けど性格は真反対って言っていいし、男女の違いがある時点でまったく似てない」

きっぱりと言いきって、涼嗣は叱《しか》るときのように秋祐をじっと見つめながら言った。

「俺は、いいか？　おまえのこと選んだんだ。それくらいは、いくらぐらついてもかまわないから、ちゃんと知っておけ」

「でも、だって……」

「だって、じゃないだろう。なんで、そんなふうに考えるんだか理解できない」

ため息をついた涼嗣は、額を押さえてうつむく。呆れたようなその態度に、秋祐はついかちんとなる。

たぶん、あまりになつかしい記憶の残る部屋のせいだ。あのころ、置き去りにして殺したはずの片恋の痛みが、秋祐を混乱させている。

だから、あれ以来ずっとふたりの間で話題に出さないようにしていたことを、口走ってしまった。

「だ、だって！　本当なら涼嗣、今日は、俺じゃなくて理名さんを」

連れて来るはずだったじゃないかと言いかけて、秋祐は言葉を失う。理名の名を出したとたん、きりきりと険しかった涼嗣の眉が、疲れたように力を抜いたからだ。

「……あ」

涼嗣を傷つけてしまった、と秋祐は感じた。鋭い目に小さく浮かんだ痛みのわけは、誰よりも自分が知っている。

誰よりも想ってくれていることを、けっして信じないわけではないのに。

「……おまえは、それ、言うなよ。さすがに痛い」

「ごめん……」

謝ると、いや、と涼嗣は小さく言った。笑いかけて失敗したような表情に、そんな顔をさせたかったわけではないのにと秋祐は思った。

「いとこって、ややこしいな」

「……ん？」

もうこれ以上、繰り言は口にしたくない。涼嗣には穏やかでいてほしいし、彼が痛い思いをするような物事など、全部世の中から消えてしまえと思う。

なのに、かける言葉は見つからず、自分の感情で手いっぱいになった秋祐の口は、勝手に動く。

「ふつう、別れたら他人になれるけど、それもできないし、誰かしらから涼嗣のこと、聞かされるんだ、きっと」

嫁ぐ夏葉の、あの晴れやかな笑顔。あんなふうに、笑いたいのに。涼嗣に、笑顔だけをあげたいのに。

「秋祐」

震える声に気づいて、涼嗣が顔をあげた。その表情は、いつもの穏やかな彼だった。

「俺は、別れないし、誰かの口で、おまえに俺のことを聞かせるような真似も、しないよ」

一瞬の苦さから、涼嗣はすぐに立ち直ったようだった。彼はいつでもそうで、秋祐がどんなに勝手な感情をぶつけても、少しうろたえたあとは気持ちをおさめてしまう。

こうして甘ったれになったのは涼嗣のせいもあると思う。彼の甘やかしは際限がなさすぎて、あまりに心地よくて、わがままになった。

「ごめん、こんなこと、言いたいんじゃないんだけど」

苦笑する頬が強ばった。

「親戚のやつとか、結婚の話とか、なんかいろいろ、考えちゃって……」

不意に呼吸が苦しくなって、言葉がつまった。

だから、ここに帰るのはいやだったのだ。

夏葉の、澄江の、涼嗣の両親たちの顔を見るだけで、罪悪感に押しつぶされそうで怖かった。幼いころから大事にしてくれた全員を裏切り、自分だけならともかく、涼嗣まで巻き添えにして、嘘をつかせてしまっている。

「アキ」

彼の手を取ったときに、覚悟を決めたはずだった。なのにひとには言えない恋は、思い出という名の記憶のつまった土地では、重く秋祐にのしかかる。

「ごめん、ちょっと、頭がこんがらがった」

被害者面して、これでは涼嗣を責めているようだ。こんな自分はいやなのに。

「どうしてそう、一気に考えこむんだ」

ゆっくり、長い腕に抱きしめられながら、苦しかった呼吸がゆるやかになっていく。痛いのは涼嗣のせいなのに、涼嗣にしかこの痛みはやわらげてもらえない。

「本当は、別れたいのか？」

「やだ」

子どものようにかぶりを振り、痛い言葉を否定する。そして同時に、別れるという言葉で、自分たちが恋愛関係のただなかにいることを実感し、薄暗い悦びをも覚える。

別れるだけのかたちを持てただけでも、本当に嬉しいのだ。涼嗣をあまりに長く想いすぎて、少しおかしくなっているのかもしれないと自嘲した。

「いや？」

「絶対、いやだ」

ぎゅっと背中を抱きしめて、胸元に顔を埋める。

「涼嗣が、好きなんだよ。それだけなのに、ほかのことといろいろ、頭に入ってくるのが、いやで」

混乱してる、ごめん。小さな、かすれる声で言うと、背中をやさしく撫でられた。

「アキ」

耳元に、やわらかに名前を呼ぶ声が流れこんでくる。

「夏葉の、かわりじゃないって、言って」

女じゃなくてもかまわないと教えて。誰でもない自分を選んだと実感させてほしい。

「かわりなんかじゃない、秋祐」

耳のうしろに口づけられる。ぞくりと肌を震わせ、秋祐はうなずいた。

「うん」

ゆるい袖をたくしあげた指が、二の腕のやわらかい皮膚をするするとくすぐる。

信じろよ、と小さな囁く声に、もう一度うん、とうなずいた。

＊　＊　＊

髪にこもる熱が逃げていかない。秋祐は顎を仰《の》け反《ぞ》らせ、背後にいる涼嗣の肩にうなじをすりつける。糊《のり》のきいた浴衣に汗を吸わせるはしから、触れた指に温度をあげられる。

息が熱くて、口の中が渇ききっていた。

帯は解かれないまま、乱れた裾から覗く足を、涼嗣の指が追いかける。

「あ……」

密やかな声が、色づいた唇からしっとりと零《こぼ》れる。

背中から抱きしめられたまま、襟の合わせに手のひらを差しこまれ、ちりちりと疼《うず》く胸を探られた。指先に小さな粒を挟まれ、捏《こ》ねるように押し潰される。痛みと、それ以上の刺激が腰の中心に突きささる。

「や……痛、いっ」

「大きい声、出すなよ。まあ、母屋に聞こえることはないだろうけど」

低く笑って言いながら、涼嗣は煽《あお》るように空いた指先で足のつけ根をすりあげる。

「う……っ！」

びくりと跳ねた踵《かかと》が、畳をこする。無理にねじった体勢で、秋祐が唇を求める。苦しげなあえぎごと飲みこんで、涼嗣の歯列がちらちらと蠢く舌を噛んだ。鼻に抜ける、甘えた声が涼嗣の喉に溶けていく。

「りょ……じ、ぃ」

「ん？」

焦らすように秋祐の性器へ触れない涼嗣に、零れそうな雫をたたえた目でせがんだ。それに応えるように、節の長い指が、震える熱をやわらかに包みこむ。

秋祐の唇がなにか叫ぶようなかたちに開いた。しかし、震える息のほかに発せられる音はない。涼嗣の手が肩先から襟を滑らせ、あらわになった滑らかな背中を舌で舐めあげる。

「いや……あ！」

ぞくぞくするような感覚に、こらえきれない声が零れていく。肩甲骨の間を唇で撫でられると、たまらずに腰が揺れる。

むず痒いような、皮膚のしたを虫が這い昇るような甘い刺激は、中心の熱とは違い、じりじりと身体の奥に蓄積されて逃れられない。

「ゆか、た、汚れる……」

濡れはじめたそこを親指と人差し指で捏ねられて、ようやくそれだけの言葉を紡いだ。

もう駄目になる、ダメになると、懸命に、それでも声だけは押さえて繰り返し呟き、涼嗣の腕に指をかける。耳朶を噛まれ、舐められて、啜り泣くような声は色づいた唇から絶え間なく漏れる。

「あっ、あっ、あっ」

「だから声、押さえろって」

「う……っ、だ、っ……あ、あ」

だってと言いかけたが、語尾は甘く崩れて意味をなさない。

いさめる声がどれだけ秋祐を煽るのかも知らぬげに、耳元で囁かれる。ひそめてなお滑らかな声は、それだけで秋祐の感覚に火を点《つ》ける。

秋祐の体液に濡れた指が、強い腕で開かせた脚の奥に触れた。半端にまとわりつく浴衣はぐずぐずに崩れ、両足を広げさせられたあられもない体勢で、淫らに秋祐は腰を振る。

涼嗣の指先は濡れた音を立てながら、身体の中を溶かしてゆく。

(この、部屋で)

さまざまな記憶の残るなつかしい涼嗣の部屋で、こんなに脚を開かされ、卑猥な音を立てていじられている事実が、秋祐を乱れさせて狂わせる。

たまらず目を閉じれば、その感触からあのきれいな指が淫靡《いんび》に蠢く様をまざまざと想像させられて、脊髄《せきずい》から走り抜ける刺激に身をよじった。

「い、や……あ、あふ……あっ」

その指が、ぴたりと動きを止めた。

不意に涼嗣の身体が硬直するのを、背中からの気配で感じる。

「涼嗣……? ど、したの」

常にないひどい緊張感を触れた肌から知り、秋祐が振り返ろうとしたその瞬間、腰を支えていた力強い腕は解かれた。そして、「しっ」と小さく鋭い声を発した涼嗣の大きな手のひらが、浅い呼吸を繰り返す秋祐の色づいた唇を塞いだ。

（え……ッ!?）

驚愕に目を見開く秋祐を背中から押さえこんだまま、ひそとした声が耳元に届く。

「静かにしろ」

（なにっ!?）

ただでさえ苦しい呼吸を無理に止められ、抗っていた秋祐の身体が、その声の重さにひくり、とすくむ。

耳の裏に、自分の鼓動の音ばかりが響く。呼吸のままならなさだけでもない苦しさに、がたがたと震えはじめる身体。どくどくと血液が体中をかけ巡り、行き場のなくなった欲望の強さを思い知らせる。

だがその数秒後に届いた声に、たかぶった体熱が一気に引いてゆくのを、秋祐は感じた。

「――おやすみのところ、申し訳ありません」

びくりと肩を跳ねさせた秋祐とは対照的に、信じられないほど淡々とした声が、涼嗣の唇から発せられた。

「……誰？」

「澄でございますが」

ほとり、と静かに引き戸を叩いた声の主は、澄江だった。

その声がした扉の真向かいの壁にもたれているふたりは、どう取りつくろってもごまかしようもない状態で入り口に向かって対峙《たいじ》している。

(まずい。どうして、なんで気づかなかった)

玄関の引き戸を開ける音も、廊下を歩く足音にも、気づけなかった。そしてふすまで仕切られたこの部屋には、鍵がない。

澄江がほんのわずか、あの戸に手をかけて力をこめたなら。

(見られる……)

鳩尾《みぞおち》にいやな冷たさを感じた。さきほどまでとはまるで違う意味で身体が震える。秋祐が漏らす引きつったような呼吸は、涼嗣の手のひらに吸い取られて消えていく。

けれど、びくりとすくんだ身体を、涼嗣の腕は支えるように抱きしめて離さない。

(どうして、こんな)

罪のない澄江も、涼嗣を誘った自分をも、秋祐は激しく呪った。目の奥が充血して、赤い歪んだ視界を作る。恐慌状態に陥り、身動きさえ取れない秋祐を長い腕で戒《いまし》めたまま、常よりも平淡な涼嗣の声が問う。

「なにかあった?」

「お部屋の網戸が破れていますので……うっかり、蚊遣《かや》りを焚《た》くのを忘れていて。お休みかと思いましたが、持ってまいりました」

夜分に申し訳なかったと、のんびりした老女の声が答える。

「寝入りばなだったんだ。少ししたら起きるから、そこに置いていってくれるかな」

「かしこまりました」

低血圧気味の涼嗣が、寝入ると身体を起こせないことを彼女は知っている。かたりと、廊下に物を置く小さな音が響いた。

「夜分に失礼いたしました」

「ありがとう、おやすみ、澄さん」

「おやすみなさいませ」

やがて、彼女のゆったりした足音が、気配とともに去っていく。

からころと、澄江の突っかけの音が響いた。

恐怖に固まった鈍い思考の中で、涼嗣が気づいたのはこの音か、と秋祐はぼんやり感じた。

強く押さえつけていた手のひらの轡《くつわ》をほどき、すまなそうな声が問いかけてくる。

「大丈夫か、秋祐？　……アキ？　どうした」

訝しむような涼嗣の声はたしかに聞こえていた。押さえつけていた手のひらから解放されたのに、身動《みじろ》ぎひとつできない。

秋祐は自分の歯の根が小さくかちかちと音を立てているのを、他人事《ひとごと》のように感じていた。

「——アキ?」

やさしい呼びかけに応えすら返せず、見開いたままの目から不意に大粒の涙が零れた。食いしばる歯の奥が、苦く嗚咽《おえつ》を噛みしめる。

どうして——という、誰にともつかない問いかけばかりが頭のなかをかけめぐった。左の肺奥が軋んで、壊れそうになる。

「こわ、かった」

「……うん」

小さくつぶやくと、涼嗣はそっと背中を撫でてくれる。

全身が冷たい汗に濡れていた。高揚など、一瞬の恐慌が奪い去っていってしまった。

どうすればいいのだろう。誰よりも愛してくれたひとたちを裏切りながら、涼嗣へ伸びるこの頼りない小さな爪は、彼を傷つけないと言いきれるのか。

「怖かった……」

もう一度涼嗣は、うん、とうなずいた。だが彼の身体はあたたかく、秋祐を抱きしめ続けた広い胸の鼓動も、少しも乱れてはいなかった。

背中を撫でられるたび、少しずつ落ち着いていく心音に、秋祐はほっと息をついた。

「涼嗣は、怖く、ないのか」

「怖いよ」

穏やかに笑って、秋祐の冷や汗に濡れた額へと彼は口づける。

その甘さに、ようやく秋祐は気づいた。

涼嗣が秋祐を押さえつけたのは、澄江に露呈《ろてい》することをおそれたのではない。秋祐が逃げるのを防いだのだ。さきの出来事にも、ただ動じなかったというわけではなく、こうしたこともすべて彼には、予測の範疇《はんちゅう》であったのだろう。

「おまえが逃げるのが、いちばん怖いよ」

「りょ……」

「言っただろう。おまえは俺のだ。俺のにした。逃げられないから覚悟しろ」

きつく抱きすくめられ、骨が軋んだ。抱く腕はひどく強いのに、声だけはどこまでもやさしく穏やかだから、怖くなる。

振り向いてほしくて、振り向かれたくなかった。なにも変わらないと——そんなわけもないのに、秋祐さえもやさしく騙《だま》そうとする男の深すぎる情が、それをこそ欲する自分が、たまらなく怖い。

怖い、けれど、それが欲しい。それしか、いらない。

「涼嗣……っ」

助けを求める悲痛な声が、秋祐の喉からほとばしる。瞬きを忘れた秋祐の目を、涼嗣の指先が閉じさせた。顎を捕らえられ、強く引かれて、無理な体勢で口づけられながら不意に前触れさえなく、身体を引き裂かれた。

「ぐ、うっ……」

衝撃から逃げようと、前かがみになったまま畳へ倒れる。かたく閉じたそこをこじ開けるように、ふだんなら考えられないほど強引に、涼嗣が身体を進めた。

秋祐は拒まなかった。いまできる精いっぱいで、受け入れるために力をほどき、幾度も馴染んで覚えたやりかたで呼吸を逃がしながら、はじめてのときよりなおつらくさえ思える苦痛に耐えた。

「考えるな」

背中から来る涼嗣の声も、痛みをこらえるようにかすれている。

「俺だけ見てろ、秋祐」

「んんっ！」

強く突きあげられ、そうしながら立てた膝の間に指を伸ばされる。強引に煽られて、それでももう馴染んでしまった涼嗣の身体に喘いだ。涼嗣の熱を締めつけ、うねる内壁とこすれあうことで生まれる悦楽。教えられた甘すぎる毒を拾いあげ、その感覚に集中する。

「秋祐、いいか？」

「ん……ん、んうん」

引きつるように身体を揺らぎ喘がせ、もっと奥に、とあからさまな言葉と仕種で、ねだる細い腰をくねらせた。

「うん、じゃなくて、言えよ。気持ちいいって」

いまは涼嗣の顔を見たくない。それは彼も同じようだった。幾度も抱きあったけれど、こんな乱暴な繋《つな》がりかたははじめてで、獣のようだと秋祐は思う。

いっそ、そうなってしまえたならいい。痛みのない、ただの肉の塊になってしまえるなら、秋祐はどれほど救われるだろう。楽になれるだろう。

「ああっ……涼嗣、いい、い、……いいっ！　きも、ちい……っ」

畳を毟《むし》らぬように袂を握りこみ、その腕の輪のなかに顔を伏せたまま、秋祐は言った。むせび泣く声は揺れて途切れ、汗とまじる涙がいくつも零れて小さなしみを作る。

「好きだぞ。わかってるか？」

「……っ」

「愛してるって、ちゃんとおまえ、理解してくれてるか？」

涼嗣の言葉に応えられず、ただ意味のないうめきを発しながら、秋祐はその言葉の突きささるような痛みに、耐える。

誰にも言えなくても誰も知らなくても、ただ、涼嗣だけが秋祐の世界の色を変えていく。

意味などない。涼嗣が欲しい。

手放したくないのだ。

いっそそれで許されるならば女になってしまいたい。この男の想いを受けとめあたため、血肉で育てあげる子宮が欲しいとさえ思う。

——人間も、いっそ無性生殖ができるか、雌雄同体になれればいいのに。

十代の秋祐が発した、あさはかで思いこみの激しい、感傷にまみれた言葉。あそこから、なにも変わっていない自分が、愚かで情けない。

(それでも)

恥も、プライドも、すべてを捨てても。

「なかに、なかに……出して」

「汚れるぞ」

「いい、もう、そんなの」

なにをいまさらと、秋祐は泣き濡れた顔で振り返り挑むように涼嗣に言い放つ。

「お願いだから、なかに出して。俺でいって、俺に……っ射精、して」

「アキ……」

苦しげに歪んだ口元から、涼嗣は重く吐息した。黒々と濡れた目に、秋祐はあさましい自分の姿をみとめた。

渇いた喉が唾液を嚥下し、小さな音を立てる。

「う、く……っい、ああ、あっ」

弱い部分を突きあげられて、仰け反った秋祐は目を閉じる。

きれいごとですませられるものか。この細いだけの身体にはすぎるほどに与えられる、セックスの快楽さえ、欲しいもののひとつだ。

切りわけられる感情などあるはずがない。連鎖するすべての事象と根を同じくして取りついた、友情も思い出も執着も愛着も恋情もすべて、ただひとりの男に向かって腕を広げている。

涼嗣。せわしない呼吸にまざって、名前を呼んだ。

(どろどろ、だ)

もはや慎ましやかな自制などなく、肉を掻きまぜる熱にあわせて淫らにうねる身体。あえぎは止めることさえできず、きりきりと食いしばった歯の隙間から漏れ出でる。

本気なんていつだってみっともない。欲しいものを獲るためにひとは動き、歯噛みし、傷を掻き毟り生きる。なにが欲しいのかわからないよりも、それは幸福な痛みだろう。

いっそ、快美《かいび》なまでの苦痛だ。

淫蕩《いんとう》に唇をゆるませ、知らず秋祐はその口元に笑みをのぼらせる。

甘やかな微笑みを裏切るように、秋祐の目は闇の奥を睨むようにぎらぎらと光った。

目の奥にちかちかと、あの日の蛍が揺らめく。うつくしく恋を終わらせようとしたその裏にある、粘ついた心がいま、剝きだしになる。

自分の内部が涼嗣のかたちにへこみ、膨らみ、捏ね抉られている。脈打つ血管のかたちさえもわかる。強烈な快楽に真っ白になったまま、秋祐は悲鳴じみた嬌声《きょうせい》を溢れさせていた。

「はあっ、はあっ、はあっ、はあっ！」

揺さぶられながら、濡れそぼった狭間に指を這わされ、秋祐はぐんっと仰け反った。そのまま幾度も突きあげられ、下生えが尻にこすれるくらい深くされる。

「どこがいい、秋祐？」

獰猛な低い声の問いに、全部だと答えた。摑まれた性器も、こすれる肌も、吐息の触れる瞬間さえも、すべてがたまらなくいい。

「い、いく、もういく、涼嗣っ……涼嗣っ」

終わりたくないのに、終わってしまう。細い身体の脇についた涼嗣の指に爪を立てる。指先を絡めるように握りこんで、高くかかげた腰を震わせた。

「ここにいるから」

「涼嗣……っ」

「安心していいから。……いけ」

「ん、ん……ンあ、あっ！」

高く甘く尾を引いた絶頂の悲鳴を、どこか遠くに聞きながら、涼嗣の指をどろりとした体液で汚す。そうして燃えて爛《ただ》れたようなそこに、涼嗣の欲望を注ぎこまれ、痙攣《けいれん》するように下肢が強ばった。

「ああ、あ……あ」

どくん、どくんと入ってくるいのちの凝縮されたそれを、惜しむように秋祐のなかは縮まる。

「ふ……」

がくりと力を失った身体が、背後からの重みに耐えかねて伏せられる。こめかみがズキズキと脈打った。体中を甘い痺れが取り巻き、まだこのまま動けそうにない。涼嗣が大きく上下する細い肩を引き寄せ、秋祐を仰のける。濡れた下肢を絡めたまま、幾度も口づけた。

無言のまま彼は、まだ激しい動悸をおさめかねる秋祐の胸のうえに頰を寄せた。

「……涼嗣」

「ん?」

その頭をそっと抱きしめ、なにかを言わなければいけないような気がした秋祐は唇を開くが、しかしそこからはただ熱い、こもったため息が零れるばかりだった。

夜気に晒《さら》された汗ばんだ肌から、急激に奪われる熱を知って身震いする。

まだ眩《くら》む視界。秋祐は必死になって目をこらし、古びた天井を見つめる。

こうした関係になってからも、ふたりが触れ合うことの意味についてのうしろめたさや、いつか来る終わりに対する怯えは常につきまとっていた。どこかが不安定で、冷静になればなんの脅威でもない夏葉の存在にさえ過剰に怯えて、揺れていた。

けれどさきほどの、澄江に見られるかと思った瞬間ほどの恐怖は、味わったことがなかった。

(頭でだけ、わかってたつもりだった)

だからことさらに、涼嗣に甘えた。子どものように駄々を捏ねたのも、拗ねてみせたのも、どこにでもいるような『恋人同士』のふりをしたかったのだろうと、いまになって思う。

演じ続けたふわふわとした恋が、いま、はっきりとかたちを変えたことを知る。

(涼嗣は、全部知ってた?)

ぐらぐらと揺れ続ける秋祐を、だから彼もまた、甘やかし続けていたのだろうか。

選んだのは涼嗣であり、秋祐自身だ。

迷いの抜けた目で天井を見つめながら、胸のうえの涼嗣を強く抱きしめた。

痛みはたしかにそこにあって、しかしもう秋祐を脅かすものではなく、ただ憐《あわ》れに思えるほどに、弱くさざめいている。

開け放った窓から吹きこむ夏の夜風にまじり、ひそかな花のにおいが鼻腔をかすめた。

庭に咲くそれは、百日ひらく、強い夏の花だった。

涼嗣が本当に欲しいのなら、もっと強くならなければと秋祐は思う。

赤くしたたかな、あの花のように。

＊　＊　＊

翌朝は雲ひとつなく、抜けるような青空が広がっていた。

伯父夫婦や征夫に挨拶をすませ、またしばらくは訪れることもないだろう親類の家を、白々とした光に照らされながら秋祐は見つめた。

澄江の浴衣を紙袋に押しこんで、後部座席に乗せる。涼嗣はどうやら仕事絡みの話でもあったらしく、まだ征夫に捕まったままだった。

これからまた長い時間車に揺られることを思うと少々うんざりもしたが、やっと帰れるという安堵が勝《まさ》った。

(帰る、か)

生まれ育ったこの土地よりも、東京のあのマンションのほうが『家』であることを、無意識のうちに涼嗣や自分の使っている「帰る」という言葉に感じる。

涼嗣を少し離れて眺め、秋祐は薄く笑った。ふと影がさし、車の後部ドアにつっこんでいた頭をあげると、日に焼けた穏やかな顔があった。

「澄さん」

一瞬、身体を昨晩の怯えがよぎったが、秋祐はこわばる表情をつくろうように笑ってみせた。

「浴衣をありがとう」

「いいえ、着てくださるだけでもねえ。お気をつけてくださいませね、これから道行きは長うございますし」

「うん、大丈夫だから」

微妙に視線をずらす秋祐を咎めるでもなく、静かに澄江は微笑んで、そっと秋祐の頬に手をそえる。思わずすくんだ秋祐を、深い眼差しが包んでいた。

「お痩せになりましたかね。いろいろお大変でしょうから、くれぐれもお身体にはご注意くださいよ」

乾いて冷たい、しわのある手のひらはさらさらとして、子どものころそう言えばこうしてよく頬を撫でられた、と秋祐は口元をほころばせる。

「……気をつける。ありがとう、澄さんも元気でね」

緊張をほどいて、その節くれた指をそっと、自分の手で包んだ。

澄江の重たげな目蓋が小さく瞬き、かすかに光が揺れる。彼女は不意につぶやくように言った。

「おつらいことは、ありますか？」

「え？」

言葉以上の含みを感じて、秋祐の手がぎこちなくこわばる。

不思議な表情で、どう言えばよいのか迷うような声で澄江は言った。

「涼嗣さまは、情の強《こわ》い方ですから」

さっ、と変わった秋祐の顔色に、怯えなくてもいい、というふうに澄江はそっと肩をさすった。唇をわななかせながら、秋祐は言葉を探すが、震える吐息が零れるばかりだった。

やはり気づかれたのか、というおそろしさに、冷たい指が背中を滑るような感覚があった。

重い沈黙に気づかぬ素振りで、澄江は空を見あげた。いいお天気ですねえ、と読めない声はつぶやく。

「あの方は、お小さいころから、空ばかり見てらして。もう少し、ご自分の目の高さのものも見たがよろしいわって、よく言って聞かせたもんですよ」

小柄な彼女は、秋祐をさえ見あげる。小さな黒い目の中には、責める素振りは少しもない。

「ふつうにしていても、できたお子でした。それが、まわりにいつでも『立場をわきまえるように』と言われ続けたせいで、よけいにおとなになってしまわれた」

すぐれているのに、それをまっすぐ誇ることもできなかった。押しこめられて、どこまでも聡くなった涼嗣は可哀相な子だと告げる、澄江の声は、胸の痛みを滲ませていた。

「なんでもひとりでおできになって、なんでもわかった顔をされて、なんにも欲しがらずに。おとなみたいな顔ばっかりして、本当に、却って心配なくらいに」

ひとりどこまでも駆け抜けて、誰も彼の姿を見つけられず、そうしてそのことにさえ気づかぬままひとり完結し、誰もいらなくなってしまうのではないかと。

「よくできすぎた子どもは、なんだか、哀しいんですよ」

幼い涼嗣を見つめ続けた彼女は、静かに胸を痛めていたのだと語った。

「それがひさしぶりにお会いして、ずいぶんと、変わられて。小さい子どもみたいに、秋祐さまとおいたをなさって……なのに、落ち着かれてらした。だから、澄は――」

ふと、澄江は言葉を切った。わずかに潤んだ目で、くしゃりと微笑む。

「涼嗣さまを、お願いいたします」

「澄さん……」

そう言って、強く秋祐の手を握った澄江に、秋祐は戸惑った。けれど、やさしく秋祐の手をさすりながら、なにも言わなくていいとかぶりを振ってみせる。

「いろんなことは、ありますけれどね。おふたりがおすこやかなら、それでいいんです」

若い秋祐にはうかがい知れぬような苦労を、深く刻まれた年輪に忍ばせて、なにもかもを受け入れるのだろうか。

「澄さん、俺……」

声がつまって、つんと鼻の奥が痛んだ。

澄江は、はっきりとしたかたちでふたりの関係を知っているわけではないのかもしれない。

昨晩のことも、なにも気づいていないのかもしれない。

それともすべてを知りながら、秋祐の不安と怯えを感じとって、なにも知らぬふりでいるのかもしれない。

（でも、どっちでも、いいのかな）

彼女は本心から、秋祐と涼嗣さえ幸せならいいと、伝えてくれている。それだけが事実だ。なにを言っていいのかわからぬまま、震える声が喉をついた。

「俺、涼嗣が……涼嗣が、好きなんです」

懺悔《ざんげ》をするような気持ちで、そうつぶやいた。もはや澄江に届けるための言葉ではなかった。この恋を拒むすべてに訴えるような、ぎりぎりの言葉だった。

そうして正しく、赦《ゆる》しは与えられる。わかっているというように澄江はうなずいて、小さいころよくそうしたように、両手で秋祐の肩をさすった。

「涼嗣さまも、あなたがお好きですよ。とても、とてもね」

ありがとう、と秋祐は言ったつもりだった。けれどそれは言葉にならず、小さな細い声が唇の隙間から零れるばかりだった。

「また、いらっしゃい。元気なお顔を、年寄りにたまには見せてくださいな、おふたりで」

泣きそうに歪んだ頬をもう一度撫で、彼女は伸びあがると、ぽんぽんと秋祐の頭をなでた。その手つきは涼嗣の仕種にとてもよく似ていて、せつなく胸を締めつけられながら、秋祐はうなずいた。

「わかった。また、来る」

「きっとですよ？」

彼女は、白い歯を見せて笑った。

秋祐はきつく唇を噛んだままで、澄江と手を握りあった。別れの挨拶すら、言葉にできなかった。口を開けば大声で泣いてしまいそうで。

ようやく解放された涼嗣が、かたわらに立つ。歪んだ表情の秋祐と澄江を見比べて、それでも彼はなにも言わなかった。澄江が若々しく、いたずらっぽく笑いながら涼嗣に告げた言葉に、秋祐は泣き笑いのような表情を見せる。

あまり、わがままを言ったりなさいませんようにね、と涼嗣に向けて彼女は言い。

「おいたは、澄江が承知いたしませんよ」

閉口したような表情をする涼嗣に、秋祐はようやく、声を出して笑った。


庭を囲む塀から、身を乗り出すように咲く百日紅の姿が、視界から流れていった。いつまでも手を振っていた澄江の姿も、小さくなって消えてゆく。

涼嗣が煙草に火をつける。マルボロのきつい薫《かお》りが車内にこもらぬように、彼は少しウインドウを下げた。

そうなってはじめて、秋祐の目からこらえていたものが溢れだした。

「これからもっと暑くなるな、東京も」

涼嗣が前を見たままつぶやく。声を噛んで嗚咽していた秋祐は、しゃくりあげるように肩を上下させた。

「帰りは、眠っていけよ。着いたら起こしてやるから」

「……ん」

答えられずにいる秋祐の髪を、涼嗣がくしゃりとかきまぜた。泣くなとは言わぬまま、静かに濡れた頬を指が撫でて、秋祐をなだめる。

風がかすめたような、その指先のやさしい感触に、秋祐は目を閉じた。

感情の波が落ち着きはじめると、昨夜無理をした身体が、熱っぽいような怠《だる》さに襲われる。緩慢《かんまん》な動作で顔を拭うと、乾いてこわばった頬が気になった。

シートを倒し、涼嗣を上目に盗み見ると、赤く腫れた目蓋を、冷たい長い指が押さえた。煙草の匂いがする。

「涼嗣」

「ん？」

前を向いたまま、問いかけに答える涼嗣に、なんでもないよとつぶやく。

涼嗣の静かな声が、たまらなく好きだ。

少しせつない胸を抱きしめるように丸くなり、意識を眠りに落とす。

東京まで、あと約四時間。揺れる車のなか、秋祐は夢を見る。

そうして、燃えるように咲くあの赤い花の、ひとひらになった。

END

あとがき

ダリア文庫さんで久々の新作は、自分でも思い入れの強い作品になりました。

今作『花がふってくる』は、このところの崎谷とはちょっとテイストが違う話になっていると思いますが、じつはこの話の骨子を考えたのは、いまから十五年ほど前のことになります。表題作ではなく同時収録の『夏花の歌』のベース作品だけを書いてあったのですが、基礎となる本編を書きあげることができないまま、ずっと保存データのなかで眠っていました。

そのまま蔵いりになりかけたところを、一部の友人らがずっと覚えていてくれて「あれの完成品を読みたい」と言い続けてくれたことが、思い出すきっかけでもあったのですが、しっかりと「書きあげてみよう」と思ったのはいまから約四年前の夏です。

そのころ、仕事に関してすごく思い悩むことも多く、文章の書き方や構築にも試行錯誤をし続けていて、どん詰まりになっていました。自分自身の書くものがどうしても気に入らなくて、けれどスケジュールはどんどん来るし、仕事上の大きなトラブルもあって、いったいなにをしているのだろう……とひどく考えこみ、自分を見失いかけていました。

むろんお仕事である以上、読者さんや出版社さんのことも念頭に置いて書かなければならないのですが、当時の私はそれに振りまわされすぎていて、自分がなにをしたいのか、を完全に失念していたんだと思います。

そしてふと、基本に立ち返ってみようと思い、古いファイルなどを引っ張り出したなかにこの『夏花の歌』のベースとなったデータがあり、まだデビュー前、ただただ好きな要素だけをつめこんで、書きたいところだけ書いたその文章に、目を覚まされました。拙いし地味な話だけれど、ぜんぜん、プロの文章としてはなっちゃいないんだけど、私はコレが好きなんだなあ、と妙に納得したのです。

ちょうどその時期、BL以外のお仕事をする機会もあって、さらに色々考えた末『まずは自分が好きなことを、伝わるようにしっかり書こう』と気持ちを切り替えてからは、変に落ちこむこともなくなり……そのぶんハイペースで仕事をこなしまくったわけでしたが（笑）。

書き続けられることが幸せなんだと思い出すためのきっかけになった一作が、これです。

そして、できれば今先生にカットをお願いしたいと申しあげ、待ち続けて、ようやく刊行がかないました。しかし色々思い入れすぎたせいなのか、そして思い立った四年前より少しは成長したせいなのか、ベースにある話そのものが現在となってはけっこうな難物で、かなり実作は難航しました。けれど、できるだけ『あのころ』の自分が書きたかった話を紡ぎたいと思い、結果としては、十五年前といまの自分がミックスされた、なんとも不思議に地味な持ち味の話になった気が致します。情景描写にも文章にも田舎ののどかさと時代がかった空気が漂う、おとなしい話です。これといって烈しい展開もなく、しっとりというより、ややあいまいに苦めの話ではあるのですが、基礎の基礎にはこれが横たわっているんだなあ、と思っています。

そしてじつは、九八年の五月デビューの私は、この本で満十周年を迎えます。デビュー出版社は残念ながら消えてしまったのですが、その十周年満期（笑）にこの作品を出すことは、べつに狙ったわけでもなんでもない、ただの偶然なのですが、初心に返れということなのかしら、などと感じています。

そして前述しておりますが、デビュー前から憧れ続け、いつかお願いできたらと思い続けていた今市子先生の挿画をつけることができたのも、本当に幸福に思っております。だというのに、あまりの嬉しさにプレッシャーを覚えて進行が多大に遅れ、ご迷惑をおかけしましたこと、本当に申し訳なく思っております……。しかし、表紙のカラーを見た瞬間、大げさでなく心臓が跳ねあがりました。なんだか、泣きそうに嬉しかったです。ありがとうございました。

ＣＤの進行とぶつかり、もろもろのスケジュール調整をお願いした担当さんも、いつもお世話になっております。今回はあまりエロスでなくてすみません……が、自由にやらせて頂いたことに、深く感謝しております。

毎度のアドバイザーＲさん、今回もお世話になりました。そして執念のごとく「あれ書け！」と言い続けていた坂井さん、実作中も相談に乗ってくれて本当にありがとう。あなたのおかげで書きあがりました（笑）。気晴らし電話につきあってくれたＳＺＫさんも冬乃にも感謝。

そしていつも代わり映えしないご挨拶ですが、読んでくださった皆様にも、ありがとうございました。

もしも自分の庭が
持てたら 植えたい木は
しだれ桜か アメリカハナミズキか
百日紅…. でもって 赤にするか 白にするか 悩むわ～ってくらい好きな
花です. 秋祐は実は黒髪のイメージでしたが 涼嗣との対比
をつけた方が いいかなーと思って白くしてみました.
ちゃんとセフレを持ってる自立した
(受)さまはツボでした…♡

今市子

ダリア文庫をお買い上げいただきましてありがとうございます。
この本を読んでのご意見・ご感想・ファンレターをお待ちしております。
〈あて先〉
〒173-0021 東京都板橋区弥生町78-3
(株)フロンティアワークス ダリア編集部
感想係、または「崎谷はるひ先生」「今 市子先生」係

❋初出一覧❋

花がふってくる…………書き下ろし
夏花の歌 ………………書き下ろし

花がふってくる

2008年5月20日 第一刷発行

著者 崎谷はるひ

発行者 藤井春彦

発行所 株式会社フロンティアワークス
〒173-0021 東京都板橋区弥生町78-3
営業 TEL 03-3972-0346 FAX 03-3972-0344
編集 TEL 03-3972-1445

印刷所 中央精版印刷株式会社